GRöLS Verlage

„Bücher sind wie Fallschirme. Sie nützen uns nichts, wenn wir sie nicht öffnen."

Gröls Verlag

Redaktionelle Hinweise und Impressum

Das vorliegende Werk wurde zugunsten der Authentizität sehr zurückhaltend bearbeitet. So wurden etwa ursprüngliche Rechtschreibfehler *nicht* systematisch behoben, denn kleine Unvollkommenheiten machen das Buch – wie im Übrigen den Menschen – erst authentisch. Mitunter wurden jedoch zum Beispiel Absätze behutsam neu getrennt, um den Lesefluss zu erleichtern.

Um die Texte zu rekonstruieren, werden antiquarische Bücher von Lesegeräten gescannt und dann durch eine Software lesbar gemacht. Der so entstandene Text wird von Menschen gegengelesen und korrigiert – hierbei treten auch Fehler auf. Wenn Sie ebenfalls antiquarische Texte einreichen möchten, finden Sie weitere Informationen auf www.groels.de

Viel Freude bei der Lektüre wünscht Ihnen das Team des Gröls-Verlags.

Adressen

Verleger: Sophia Gröls, Im Borngrund 26, 61440 Oberursel

Externer Dienstleister für Distribution & Herstellung: BoD, In de Tarpen 42, 22848 Norderstedt

Unsere „Edition | Werke der Weltliteratur" hat den Anspruch, eine der größten und vollständigsten Sammlungen klassischer Literatur in deutscher Sprache zu sein. Nach und nach versammeln wir hier nicht nur die „üblichen Verdächtigen" von Goethe bis Schiller, sondern auch Kleinode der vergangenen Jahrhunderte, die – zu Unrecht – drohen, in Vergessenheit zu geraten. Wir kultivieren und kuratieren damit einen der wertvollsten Bereiche der abendländischen Kultur. Kleine Auswahl:

Francis Bacon • Neues Organon • **Balzac** • Glanz und Elend der Kurtisanen • **Joachim H. Campe** • Robinson der Jüngere • **Dante Alighieri** • Die Göttliche Komödie • **Daniel Defoe** • Robinson Crusoe • **Charles Dickens** • Oliver Twist • **Denis Diderot** • Jacques der Fatalist • **Fjodor Dostojewski** • Schuld und Sühne • **Arthur Conan Doyle** • Der Hund von Baskerville • **Marie von Ebner-Eschenbach** • Das Gemeindekind • **Elisabeth von Österreich** • Das Poetische Tagebuch • **Friedrich Engels** • Die Lage der arbeitenden Klasse • **Ludwig Feuerbach** • Das Wesen des Christentums • **Johann G. Fichte** • Reden an die deutsche Nation • **Fitzgerald** • Zärtlich ist die Nacht • **Flaubert** • Madame Bovary • **Gorch Fock** • Seefahrt ist not! • **Theodor Fontane** • Effi Briest • **Robert Musil** • Über die Dummheit • **Edgar Wallace** • Der Frosch mit der Maske • **Jakob Wassermann** • Der Fall Maurizius • **Oscar Wilde** • Das Bildnis des Dorian Grey • **Émile Zola** • Germinal • **Stefan Zweig** • Schachnovelle • **Hugo von Hofmannsthal** • Der Tor und der Tod • **Anton Tschechow** • Ein Heiratsantrag • **Arthur Schnitzler** • Reigen • **Friedrich Schiller** • Kabale und Liebe • **Nicolo Machiavelli** • Der Fürst • **Gotthold E. Lessing** • Nathan der Weise • **Augustinus** • Die Bekenntnisse des heiligen Augustinus • **Marcus Aurelius** • Selbstbetrachtungen • **Charles Baudelaire** • Die Blumen des Bösen • **Harriett Stowe** • Onkel Toms Hütte • **Walter Benjamin** • Deutsche Menschen • **Hugo Bettauer** • Die Stadt ohne Juden • **Lewis Caroll** • *und viele mehr....*

Anton Tschechow

Die Möwe

Inhalt

Personen:

Irina Nikolajewna Arkadina *(verw. Treplew, Schauspielerin)*
Konstantin Gawrilowitsch Treplew *(ihr Sohn, ein junger Mann)*
Pjotr Nikolajewitsch Ssorin *(ihr Bruder)*
Nina Michajlowna Saretschnaja *(ein junges Mädchen, Tochter eines reichen Gutsbesitzers)*
Ilja Afanassjewitsch Schamrajew *(verabschiedeter Leutnant, Gutsverwalter bei Ssorin)*
Polina Andrejewna *(seine Frau)*
Mascha *(seine Tochter)*
Boris Alexandrowitsch Trigorin *(Belletrist)*
Jewgeni Ssergejewitsch Dorn *(Arzt)*
Ssemjon Ssemjonowitsch Medwjedenko *(Lehrer)*
Jakow *(ein Arbeiter)*
Der Koch
Das Stubenmädchen

Ort der Handlung: Ssorins Gut

Zwischen dem dritten und vierten Aufzug liegt ein Zeitraum von zwei Jahren

Erster Aufzug

Park auf dem Landgut Ssorins. Eine breite Allee, die vom Zuschauer aus in die Tiefe des Parkes zu einem See führt und durch eine improvisierte Liebhaberbühne so verbaut ist, dass man den See nicht sieht. Links und rechts von dieser Bühne Gebüsch. Ein paar Stühle, ein Tischchen. Die Sonne ist eben untergegangen Auf der Bühne, hinter dem herabgelassenen Vorhang, Jakow und andere Arbeiter; man hört ihr Husten und ihr Klopfen. Mascha und Medwjedenko kommen von links, von einem Spaziergang.

Medwjedenko: Warum gehen Sie immer in Schwarz?
Mascha: Ich trauere um mein verlorenes Dasein. Ich bin unglücklich.
Medwjedenko: Warum? *Nachdenklich.* Ich verstehe das nicht ... Sie sind gesund, Ihr Vater ist zwar kein reicher Mann, aber doch nicht unbemittelt. Ich hab's weit schwerer als Sie. Ich bekomme monatlich ganze dreiundzwanzig Rubel Gehalt, wovon noch die Pensionsabzüge abgehen, und dennoch trage ich keine Trauer.

Mascha: Es kommt nicht aufs Geld an. Auch ein Bettler kann glücklich sein.

Medwjedenko: In der Theorie vielleicht, in der Praxis liegt die Sache aber so, daß fünf Personen von den dreiundzwanzig Rubeln leben sollen: ich, meine Mutter, zwei Schwestern und ein Bruder. Man will essen und trinken, man braucht Tee und Zucker, man braucht Tabak – da heißt es sich drehen und winden!

Mascha *blickt nach der Bühne:* Die Vorstellung wird gleich beginnen.

Medwjedenko: Ja. Die Sarjetschnaja spielt, und das Stück ist von Konstantin Gawrilowitsch. Sie sind ineinander verliebt, und heut werden ihre Seelen sich in dem Streben vereinigen, dasselbe künstlerische Gebilde zu gestalten. Und unsere Seelen haben keine gemeinsamen Berührungspunkte. Ich liebe Sie, ich kann es vor Sehnsucht zu Hause nicht aushalten, laufe Tag für Tag sechs Werst hin und sechs Werst zurück, um Sie zu sehen – und begegne bei Ihnen stets derselben Gleichgültigkeit. Das ist wohl zu verstehen – ich bin mittellos, hab' eine große Familie ... einen Menschen, der selbst nichts zu beißen hat, heiratet man doch nicht ...

Mascha: Unsinn. *Sie nimmt eine Prise.* Ihre Liebe rührt mich, aber ich kann sie nicht erwidern, das ist's. *Reicht ihm die Schnupftabakdose.* Bitte!

Medwjedenko *lehnt ab:* Ich danke.

Pause.

Mascha: Es ist schwül – 's wird wohl in der Nacht ein Gewitter gebe. Sie philosophieren immer oder reden von Geld. Nach Ihrer Meinung gibt's kein größeres Unglück als die Armut, nach meiner Meinung aber ist's tausendmal leichter, in Lumpen zu gehen und zu betteln, als ... Doch das verstehen Sie nicht.

Ssorin und Treplew kommen von rechts.

Ssorin *stützt sich auf seinen Stock:* Ich fühl' mich einmal nicht wohl auf dem Lande, mein Lieber, und ich glaube, ich werde mich nie hier einleben. Gestern ging ich um zehn Uhr zu Bett, und heut morgen bin ich um neun Uhr aufgewacht, mit einem Gefühl, als klebte mir vom langen Schlafen das Hirn am Schädel fest – und so! *Lacht.* Nach Tisch bin ich unversehens wieder eingeschlafen, und jetzt bin ich ganz zerschlagen, habe Alpdrücken, am Ende ...

Treplew: Du mußt eben in der Stadt wohnen, Onkel.

Er erblickt Mascha und Medwjedenko.

Meine Herrschaften, wenn's anfängt, wird man sie rufen! Jetzt dürfen Sie nicht hier sein – bitte, gehen Sie!

Ssorin *zu Mascha:* Marja Iljinitschna, sagen Sie doch, bitte, Ihrem Papa, er möchte anordnen, daß man den Hund von der Leine läßt, sonst heult er. Meine Schwester hat wieder die ganze Nacht nicht geschlafen.

Mascha: Sagen Sie's meinem Vater doch selbst, ich tu's nicht. Erlassen Sie mir's bitte. *Zu Medwjedenko:* Kommen Sie!

Medwjedenko *zu Treplew:* Also, wenn's anfängt. Lassen Sie's uns sagen.

Beide ab.

Ssorin: Der Hund wird also wieder die ganze Nacht heulen. Das ist's ja eben: nie konnte ich auf meinem Gute so leben, wie ich wollte. Da nahm man vier Wochen Urlaub, um auszuruhen und so – und hier setzten sie einem mit allen möglichen Dummheiten so zu, daß man am liebsten am ersten Tage wieder abgefahren wäre. *Lacht.*> Ich war immer froh, wenn ich von hier wegkam ... Jetzt bin ich verabschiedet – weiß nicht, wohin am Ende ... Da heißt es dableiben, ob man will oder nicht ...

Jakow *zu Trepljew:* Wir gehen jetzt baden, Konstantin Gawrilowitsch.
Treplew: Gut, aber in zehn Minuten müßt ihr auf euren Posten sein. *Er sieht nach der Uhr.* Es geht bald los.
Jakow: Jawohl, gnädiger Herr. *Ab.*
Treplew *läßt seinen Blick über die Bühne schweifen:* Da hätten wir also unser Theater. Der Vorhang, dann die erste Kulisse, dann die zweite und dann der leere Raum. Gar keine Dekoration. Der Blick geht direkt nach dem See und dem Horizont. Punkt halb neun, wenn der Mond aufgeht, hebt sich der Vorhang.
Ssorin: Prachtvoll.
Treplew: Wenn die Sarjetschnaja zu spät kommt, ist natürlich der ganze Effekt verloren. Sie müßte eigentlich schon hier sein – aber Vater und Stiefmutter bewachen sie, und sie kann schwer loskommen, wie aus einem Gefängnis.

Zieht dem Onkel die Krawatte zurecht.

Dein Haar ist ganz zerzaust und auch der Bart ... Müßtest mal zum Friseur gehen ...
Ssorin *kämmt sich den Bart:* Das ist die Tragödie meines Lebens. Hab' auch als junger Mann immer so ausgesehen, als wenn ich

immer betrunken wäre. Die Frauen haben mich nie gern gehabt. *Setzt sich.* Sag mal – warum ist meine Schwester so schlecht gelaunt?

Treplew: Warum? Sie langweilt sich. *Setzt sich neben Ssorin.* Und dann ist sie eifersüchtig. Sie ist aufgebracht gegen mich und gegen diese Vorstellung und gegen mein Stück, nur weil nicht sie darin spielt, sondern die Sarjetschnaja. Sie kennt mein Stück noch gar nicht – und haßt es schon.

Ssorin *lacht:* Was du dir alles einbildest!

Treplew: Es verdrießt sie schon, daß hier auf dieser kleinen Bühne die Sarjetschnaja Erfolge haben wird und nicht sie.

Er sieht nach der Uhr.

Sie ist ein psychologisches Kuriosum, meine Mutter. Unstreitig sehr begabt und klug, über einem Buch kann sie bitterlich weinen; den ganzen Nekrassow kann sie auswendig, und am Krankenbett ist sie ein Engel; aber versuch mal, in ihrer Gegenwart die Duse zu rühmen! Oh! Nur sie allein soll man loben, nur von ihr schreiben, nur ihren Namen ausschreien, von ihrem unübertrefflichen Spiel in der „Kameliendame“ oder im „Dunst des Lebens“ entzückt sein, und weil sie hier, auf dem Lande, diesen Rausch entbehren muß, so langweilt sie sich, ist wütend – und wir alle sind natürlich ihre Feinde, wir alle sind daran schuld. Dann ist sie auch abergläubisch, erschrickt, wenn sie drei brennende Kerzen sieht, hat Angst vor der Zahl dreizehn. Und geizig ist sie – sie hat in Odessa siebzigtausend Rubel auf der Bank liegen, das weiß ich genau. Will man aber von ihr eine Kleinigkeit borgen – dann weint sie.

Ssorin: Du bildest dir ein, daß dein Stück der Mutter nicht gefällt, und regst dich darum so auf – und so. Beruhige dich. Deine Mutter vergöttert dich.

Treplew *die Blättchen einer Blume abzupfend:* Sie liebt mich – liebt mich – liebt mich nicht, liebt mich – liebt mich nicht. *Lacht.* Siehst du, meine Mutter liebt mich nicht. Kein Wunder: Sie will leben und lieben, sie will helle Kleider tragen – und ich, ihr Sohn, bin fünfundzwanzig Jahre alt, ich erinnere sie beständig daran, daß sie nicht mehr jung ist. Bin ich nicht da, dann zählt sie erst zweiunddreißig, in meiner Gegenwart aber ist sie dreiundvierzig. Darum haßt sie mich. Sie weiß auch, daß ich für das Theater nichts übrig habe. Sie
schwärmt für die Bühne, sie glaubt der Menschheit, der heiligen Kunst zu dienen, während ich das Theater von heut für Routine und Konvention halte. Wenn der Vorhang aufgeht und in dem

Zimmer mit den drei Wänden diese großen Talente, diese Priester der heiligen Kunst dem Publikum im Rampenlicht vormachen, wie die Leute essen, trinken, lieben, umhergehen, ihre Röcke tragen; wenn sie aus banalen Bildern und Phrasen einen Moral herauszutüfteln suchen – eine kleinliche, vulgäre Moral für jedermanns Hausgebrauch, wenn sie mir in tausend Variationen immer und immer wieder dieselbe Kost servieren – dann möchte ich fortlaufen, weit. Weit weg, wie Maupassant vor dem Eiffelturm fortlief, dessen Banalität sein Hirn zu Boden drückte –

Ssorin: Wir können das Theater nicht entbehren.

Treplew: Dann muß es neue Formen annehmen. Wir brauchen neue Formen, und wenn sie nicht da sind – dann lieber gar nichts. *Blickt auf die Uhr.* Ich liebe meine Mutter, liebe sie sehr, aber sie führt ein unvernünftiges Leben, schleppt sich ewig mit diesem Belletristen herum, ihr Name wird immerfort durch die Zeitungen gezerrt – und das quält mich. Zuweilen regt sich in mir einfach der Egoismus eines gewöhnlichen Sterblichen; ich bedaure dann, daß meine Mutter eine bedeutende Schauspielerin ist, und es scheint mir, daß ich weit glücklicher sein würde, wenn sie eine einfache Frau wäre. Sag selber, Onkel: kann's eine fatalere, eine albernere Lage geben; da versammelten sich zuweilen bei ihr

Künstler und Schriftsteller, lauter Berühmtheiten – und ich bin der einzige darunter, der gar nichts ist, der nur geduldet wird, weil ich ihr Sohn bin. Wer bin ich? Was bin ich? Als Student im dritten Semester habe ich die Universität verlassen müssen – unter Umständen, die, wie man zu sagen pflegt, von der Redaktion unabhängig waren; Talente sind mir nicht gegeben, Geld hab' ich nicht, und laut meinem Paß bin ich ein simpler Kleinbürger aus Kiew, wie mein Vater, der übrigens auch ein ganz tüchtiger Schauspieler war. Wenn nun in Mamas Salon diese berühmten Künstler und Schriftsteller sich wirklich einmal gnädig zu mir herabließen, dann war's mir immer, als wollten sie mit ihren Blicken meine ganze Erbärmlichkeit ermessen – und ich erriet ihre Gedanken und litt unter dieser Demütigung – –

Ssorin: Sag doch mal, bitte – was ist dieser Belletrist für ein Mensch? Ich werde nicht klug aus ihm. Er ist so schweigsam.

Treplew: Ein kluger, einfacher Mensch – etwas melancholisch, weißt du. Sehr anständig. Er ist noch weit unter Vierzig und ist schon berühmt und satt bis zum Überdruß ... Was seine Schriftstellerei anlangt ... wie soll ich dir's sagen? Nett ... talentvoll ... aber nach Tolstoi oder Zola will man doch einen Trigorin nicht lesen.

Ssorin: Und ich liebe die Schriftsteller, siehst du. Als junger Mensch schwärmte ich für zweierlei: ich wollte heiraten und ein Schriftsteller werden. Beides mißlang ja. Auch ein ganz kleiner Schriftsteller zu sein, ist angenehm am Ende.

Treplew *horcht auf:* Ich höre Schritte … *Umarmt den Onkel.* Ich kann ohne sie nicht leben. Selbst der Klang ihrer Schritte ist schon … Ich bin wahnsinnig glücklich. *Er geht rasch auf Nina Sarjetschnaja zu, die auf der Bühne erscheint.* Meine Zauberin, mein Traum …

Nina *erregt:* Ich bin nicht zu spät gekommen? Nicht wahr, ich bin nicht zu spät gekommen?

Treplew *küßt ihre Hände:* Nein doch, nein, nein+…

Nina: Den ganzen Tag war ich in Unruhe, ich hatte eine solche Angst! Ich fürchtete, daß der Vater mich nicht gehen lassen würde … Aber er ist eben mit der Stiefmutter weggefahren+… Der Himmel war so rot, der Mond kam schon herauf, und ich trieb das Pferd, sosehr ich konnte. *sie lacht.* Ich bin so froh …

Sie drückt Ssorin kräftig die Hand.

Ssorin *lacht:* Die Äuglein scheinen mir verweint+… He, he. Gefällt mir nicht.

Nina: Das ist nur so. ... Bin noch ganz außer Atem. In einer halben Stunde muß ich wieder weg. Wir müssen uns beeilen. Um Gottes Willen, halten Sie mich nicht zurück – mein Vater weiß nicht, daß ich hier bin.

Treplew: In der Tat – es ist Zeit, daß wir anfangen. Man muß sie alle herrufen.

Ssorin: Ich will sie holen – sofort! *Geht nach rechts und singt.* "Nach Frankreich zogen zwei Grenadier' ..." *Sieht sich um.* Einmal, als ich auch so ein Lied anstimmte, sagte ein Staatsanwaltsubstitut zu mir: „Haben Exzellenz eine mächtige Stimme!" Und dann dachte er ein Weilchen nach und meinte: „Aber abscheulich klingt sie!" He, he! *Geht lachend ab.*

Nina: Der Vater und die Stiefmutter lassen mich nicht hierher. Sie nennen das hier Boheme ... haben Angst, ich könnte zur Bühne gehen ... Und dabei zieht es mich hierher zum See wie die Möwe ... Mein Herz ist voll von Ihnen ... *Sieht sich um.*

Treplew: Wir sind allein.

Nina: Dort ist jemand ...

Treplew: Kein Mensch ist da. *Sie küssen sich.*

Nina: Was für ein Baum ist das?

Treplew: Eine Rüster.

Nina: Warum ist sie so dunkel?

Treplew: Es ist bereits Abend, alle Gegenstände scheinen dunkler. Verlassen Sie uns nicht so früh, ich flehe Sie an!

Nina: Unmöglich!

Treplew: Und wenn ich zu Ihnen komme, Nina? Die ganze Nacht will ich im Garten stehen und nach Ihrem Fenster schauen ...

Nina: Nicht doch, der Wächter wird Sie bemerken, und Tressor wird bellen; er kennt Sie noch nicht.

Treplew: Ich liebe Sie!

Nina: Psst-sst!

Treplew *hört Schritte:* wer ist da? Seid ihr's, Jakow?

Jakow *hinter der Bühne:* Jawohl.

Treplew: Geht an eure Plätze. Es ist Zeit. Kommt der Mond schon herauf?

Jakow: Jawohl.

Treplew: Ist der Spiritus da? Und der Schwefel? Sobald die roten Augen sichtbar werden, muß es nach Schwefel riechen. *Zu Nina.* Gehen Sie, dort ist alles bereit. Sie sind aufgeregt?

Nina: Ja. Sehr. Vor Ihrer Mutter hab' ich keine Angst. Aber Trigorin ist da ... Ich fürchte und schäme mich zugleich, vor ihm zu spielen ... Ein berühmter Schriftsteller ... Ist er jung?

Treplew: Ja.

Nina: Was für wunderbare Erzählungen er schreibt!

Treplew *Ich kenne sie nicht, habe sie nicht gelesen.*

Nina: Ihr Stück ist schwer zu spielen. Es sind keine wirklichen Menschen darin.

Treplew: Wirkliche Menschen! Das Leben darf weder so dargestellt werden, wie es ist, noch so, wie es sein soll, sondern so, wie es sich in unseren Träumen spiegelt.

Nina: In Ihrem Stück ist wenig Handlung, lauter Rede; nach meiner Ansicht muß ein Stück immer von Liebe handeln ... *Beide ab hinter die Bühne. Polina Andrejewna und Dorn treten auf.*

Polina Andrejewna: Es wird feucht. Gehen sie, ziehen sie Gummischuhe an!

Dorn: Mir ist heiß.

Polina Andrejewna: Sie nehmen sich gar nicht in acht. Das ist Eigensinn. Sie sind Arzt und wissen recht gut, daß feuchte Luft Ihnen schadet; aber Sie wollen mich nur quälen; gestern haben Sie absichtlich den ganzen Abend auf der Terrasse gesessen ...

Dorn *singt vor sich hin:* "O sage nicht, daß deine Jugend schwand ..."

Polina Andrejewna: Sie waren so hingerissen von der Unterhaltung mit Irina Nikolajewna ... Sie merkten gar nicht, daß es kühl war. Gestehen Sie's nur: sie gefällt ihnen ...

Dorn: Ich bin fünfundfünfzig Jahre alt.

Polina Andrejewna: Unsinn. Für einen Mann ist das kein Alter. Sie haben sich trefflich konserviert und machen noch Eindruck auf Frauen.

Dorn: Was wollen Sie also?

Polina Andrejewna: Vor einer Schauspielerin sinkt ihr gleich alle auf die Knie – alle!

Dorn *singt vor sich hin:* "Hier steh' ich nun wieder vor dir ..." Wenn man in der Gesellschaft die Künstler liebt und sie anders behandelt als zum Beispiel die Kaufleute, so ist das ganz in der Ordnung. Das ist eben Idealismus!

Polina Andrejewna: Die Frauen haben Sie immer geliebt und sich Ihnen an den Hals geworfen. Ist das auch Idealismus?

Dorn *achselzuckend:* Vielleicht. In den Beziehungen der Frauen zu mir war auch viel Gutes. Sie liebten in mir vor allem den ausgezeichneten Arzt – Sie wissen, daß ich vor zehn, fünfzehn Jahren der einzige brauchbare Geburtshelfer im ganzen

Gouvernement war. Außerdem bin ich stets ein Ehrenmann gewesen.

Polina Andrejewna *erfaßt seine Hand:* Mein Teurer!

Dorn: Still. – Man kommt.

Es erscheinen: Arkadina, an Ssorins Arm, Trigorin, Schamrajew, Medwjedenko und Mascha.

Schamrajew: 1873 hat sie in Poltawa gespielt, auf dem Jahrmarkt – wunderbar! Einfach großartig! Wissen Sie nicht zufällig, wo jetzt der Komiker Tschadin steckt? Pawel Ssemjonytsch Tschadin? Der war als Rasplujew unerreicht, besser als Ssadowski, ich schwör's Ihnen, Verehrteste. Wo steckt er jetzt?

Arkadina: Sie fragen nach lauter vorsintflutlichen Leuten. Woher soll ich die kennen? *Setzt sich.*

Schamrajew *seufzt:* Paschka Tschadin! Solche Künstler gibt es heut nicht mehr. Das Theater ist zurückgegangen, Irina Nikolajewna! Früher gab's mächtige Eichen, heut aber sehen wir nur Baumstümpfe.

Dorn: Die großen Talente sind seltener geworden, das stimmt; dafür steht aber der Durchschnittsschauspieler weit höher.

Schamrajew: Ich kann Ihnen nicht recht geben. Übrigens ist das Geschmackssache. De gustibus aut bene, aut nihil.

Treplew kommt hinter der Bühne hervor.

Arkadina: *zu* **Treplew:** Wann fängt's denn an, mein lieber Sohn?
Treplew: Im Moment. Bitte sich zu gedulden.
Arkadina: *zitiert aus Hamlet:* "Mein Sohn, du kehrst die Augen recht ins Innre mir; da seh ich Flecke, tief und schwarz gefärbt, die nicht von Farbe lassen."
Treplew *aus Hamlet:* "Sprich, warum ergabst du dich der Schmach und suchtest Liebe im Schweiß und Brodem eines edlen Betts?"

Hinter der Bühne ertönt Hornsignal.

Meine Herrschaften, es geht los! Ich bitte um Aufmerksamkeit. *Pause.* Ich beginne. *Klopft mit einem Stöckchen und spricht laut.* O ihr, ehrwürdige alte Schatten, die ihr zur Nachtzeit über diesem See hinschwebt, senket den Schlummer auf unsere Augen und laßt uns im Traume schauen, was nach zweihundert Jahrtausenden sein wird!
Ssorin: Nach zweihundert Jahrtausenden wird nichts mehr sein.
Treplew: Wohl, so mögen sie uns dieses Nichts schauen lassen!
Arkadina: Los also! Wir schlafen.

Der Vorhang geht auf; man erblickt den See; der Mond schwebt über dem Horizont, im Wasser sein Spiegelbild; auf einem großen Stein sitzt Nina Sarjetschnaja, ganz in Weiß.

Nina: Menschen, Löwen, Adler und Feldhühner, geweihtragende Hirsche, Gänse, Spinnen, schweigsame Fische, die im Wasser wohnten, Seesterne und all die Wesen, die dem Auge nicht sichtbar waren, mit einem Wort: alles Leben, alles Leben, alles Leben ist erloschen, nachdem es seinen traurigen Kreislauf vollendet hat … Seit vielen tausend Äonen bereits trägt die Erde nicht ein Lebewesen mehr, und dieser arme Mond läßt sein Licht vergeblich strahlen. Nicht erwachen auf der Wiese mit Geschrei die Kraniche, nicht mehr hört man die Maikäfer schwirren in den Lindenhainen. Es ist so kalt, so kalt, so kalt. Es ist so leer, so leer, so leer. Es ist so schaurig, so schaurig, schaurig. *Pause.* Die Körper der Lebewesen sind zu Staub zerfallen, die ewige Materie hat sie in Steine, in Wasser, in Wolken verwandelt, und ihrer aller Seelen sind in eine einzige zusammengeflossen. Diese eine, gemeinsame Weltseele bin ich … ich … In mir ist die Seele Alexanders des Großen und Cäsars, Napoleons und die Seele des letzten Blutegels. In mir ist das Bewußtsein der Menschen mit den Instinkten der Tiere verschmolzen, und ich erinnere mich an alles, alles, alles, und jedes Leben durchlebe ich in mir selbst von neuem. *Es zeigen sich Irrlichter.*

Arkadina *leise:* Das scheint was Dekadentes zu sein?

Treplew *bittend und zugleich vorwurfsvoll:* Mama!

Nina: Ich bin so einsam. Einmal in hundert Jahren öffne ich den Mund, um zu reden, und meine Stimme klingt traurig in dieser Öde, und niemand hört mich ... Auch ihr, bleiche Lichter, hört mich nicht ... Vor dem Morgengrauen gebiert euch der faulige Sumpf, und ihr irret umher, bis das Frührot schimmert, gedanken- und willenlos, ohne das Vibrieren des Lebens. Aus Furcht, daß nicht in euch Leben entstehe, läßt der Teufel, der Vater der ewigen Materie, jeden Augenblick in euch, gleichwie in den Steinen und im Wasser, die Atome durcheinanderwirbeln, daß ihr unaufhörlich euch wandelt. Im Weltall bleibt beständig und unveränderlich einzig der Geist. *Pause.* Wie ein Gefangener, in einen tiefen und leeren Brunnen geworfen, weiß ich nicht, wo ich bin und was meiner harret. Nur so viel ist mir kund, daß ich in dem harten, erbitterten Kampfe mit dem Teufel, dem Urprinzip der materiellen Kräfte, siegen werde und daß alsdann, wenn Materie und Geist in herrlicher Harmonie sich vereinigt haben, die Herrschaft des Weltwillens anbrechen wird. Das aber wird erst allmählich geschehen, wenn im Verlauf einer langen, langen Reihe von Jahrtausenden der Mond und der hell leuchtende Sirius und die Erde in Staub verwandelt sein werden. Bis dahin herrschet nur Schrecken, Schrecken ...

Pause, im Hintergrunde des Sees erscheinen zwei rote Punkte.

Dort nahet schon, mein mächtiger Gegner, der Teufel – ich sehe seine schrecklichen, blutroten Augen ...

Arkadina: Es riecht nach Schwefel. Gehört das mit dazu?

Treplew: Ja.

Arkadina *lacht:* So – recht effekvoll!

Treplew: Mama!

Nina: Er langweilt sich ohne den Menschen ...

Polina Andrejewna *zu **Dorn:*** Sie haben den Hut abgenommen. Setzen Sie ihn auf, sonst erkälten Sie sich.

Arkadina: Der Doktor zieht den Hut vor dem Teufel, dem Vater der ewigen Materie.

Treplew *aufbrausend, laut:* Das Stück ist aus! Schluß! Den Vorhang herunter!

Arkadina: Warum bist du böse?

Treplew: Schluß! Den Vorhang! Rasch, den Vorhang! *Stampft mit dem Fuße auf.* Vorhang herunter!

Der Vorhang fällt.

Verzeihen Sie, meine Herrschaften, ich hatte ganz übersehen, daß nur wenige Auserwählte Stücke schreiben und Komödie spielen dürfen. Ich habe ein Monopol verletzt. Mir ... ich ...

Er will noch etwas sagen, geht dann aber, jäh, mit einer Handbewegung, nach links ab.

Arkadina: Was ist ihm denn?

Ssorin: Hör mal, Irina – so darf man mit der Eigenliebe eines jungen Mannes nicht spielen!

Arkadina: Was hab' ich ihm denn gesagt?

Ssorin: Du hast ihn beleidigt!

Arkadina: Er hatte uns doch immer gesagt, es handle sich nur um einen Scherz. Na – und da hab' ich sein Stück eben als einen Scherz behandelt.

Ssorin: Immerhin ...

Arkadina: Jetzt stellt sich's auf einmal heraus, daß er ein großes Opus gedichtet hat! Nun sag einer, diese Aufführung, diese Schwefeldünste sollten durchaus kein Scherz sein, sondern eine

Demonstration! ... Er wollte uns belehren, wie man schreiben, was man spielen soll! Die Sache wird schließlich langweilig. Diese ewigen Ausfälle gegen mich, diese Nadelstiche, wenn du willst, sind unerträglich. Ein eigensinniges, eitles Bürschchen!

Ssorin: Er wollte dir einen Genuß bereiten.

Arkadina: Meinst du? Warum hat er dann nicht das erste beste Stück ausgesucht, statt uns mit seinen dekadenten Fieberphantasien anzuöden? Als Scherz lass' ich mir sowas gefallen, aber hier sind doch Ansprüche, das sollten neue Formen sein, eine neue Ära in der Kunst? Nach meiner Ansicht sind das keine neuen Formen – sondern nur Ungezogenheit.

Trigorin: Jeder schreibt, wie er will und kann.

Arkadina: Mag er schreiben, wie er will und kann, nur soll er mich in Ruhe lassen.

Dorn: Du zürnest, Jupiter ...

Arkadina: Ich bin kein Jupiter, sondern eine Frau. *Zündet sich eine Zigarette an.* Ich zürne ihm durchaus nicht, es ärgert mich nur, daß ein junger Mensch auf so fade Art seine Zeit verbringt. Ich wollte ihn nicht kränken.

Medwjedenko: Niemand hat ein Recht dazu, zwischen Gott und Materie einen Gegensatz anzunehmen, da vielleicht auch der Geist aus materiellen Atomen besteht. *Zu Trigorin, lebhaft.* Wissen Sie, was man einmal in einem Stücke schildern und auf der Bühne darstellen lassen sollte? Unser Schulmeisterdasein! Ja, man hat's recht, recht schwer!

Arkadina: Ganz recht – aber jetzt lassen wir alle Theaterstücke und Atome! Ein prächtiger Abend! *Lauscht.* Gesang – hören Sie, Herrschaften? Wie schön!

Polina Andrejewna: Das ist auf dem anderen Ufer. *Pause.*

Arkadina *zu Trigorin:* Setzen Sie sich zu mir. Vor zehn, fünfzehn Jahren hörte man hier am See fast jede Nacht ununterbrochen Musik und Gesang. Sechs Gutshöfe liegen an dem See – ich weiß noch, das gab ein Lachen, Lärmen und Büchsenknallen – und lauter Romane. – Und der Abgott aller dieser sechs Höfe, der erste Liebhaber war hier ... *Sie nickt mit dem Kopfe nach Dorn.* ... unser Doktor Jewgeni Ssergejewitsch. Er ist auch heut noch bezaubernd, damals aber war er unwiderstehlich. Doch mich beginnt das Gewissen zu quälen. Warum hab' ich meinen armen Jungen gekränkt? Ich bin unruhig. *Laut.* Kostja! Mein Sohn! Kostja!

Mascha: Ich will ihn suchen gehen.

Arkadina: Tun Sie's, meine Liebe!

Mascha *geht nach links:* A-u! A-u! Konstantin Gawrilowitsch! A-u! *Ab.*

Nina *tritt hinter der Bühne hervor:* Die Vorstellung scheint abgebrochen – ich darf also wohl hervorkommen. Guten Abend! *Küßt Arkadina und Polina Andrejewna.*

Ssorin: Bravo! Bravo!

Arkadina: Bravo! Bravo! Wir haben Sie bewundert. Mit diesem Äußern, dieser wundervollen Stimme dürfen Sie nicht auf dem Lande bleiben. Es wäre sündhaft. Sie haben entschieden Talent. Hören Sie? Sie ***müssen*** zur Bühne gehen.

Nina: Oh, das ist mein Traum! *Seufzt.* Aber er wird nie in Erfüllung gehen.

Arkadina: Wer weiß? Erlauben Sie, daß ich Sie bekannt mache: Trigorin, Boris Alexejewitsch.

Nina: Ach, welche Freude … *Verwirrt.* Ich lese alles, was Sie schreiben …

Arkadina *läßt sie neben sich Platz nehmen:* Nicht so verlegen, mein Kind! Er ist zwar ein berühmter Mann, aber dabei ein schlichtes Gemüt. Sehen Sie doch, er ist selbst verlegen geworden.

Dorn: Ich denke, jetzt kann man den Vorhang aufziehen –es ist so unheimlich.

Schamrajew *laut:* Jakow! Zieh mal den Vorhang auf!

Der Vorhang geht auf.

Nina *zu Trigorin:* Ein seltsames Stück, nicht wahr?

Trigorin: Ich habe nichts davon verstanden. Übrigens habe ich mit Vergnügen zugesehen. Es lag so viel Aufrichtigkeit in Ihrem Spiel. Auch die Dekoration war wundervoll. *Pause.* Es gibt wohl viele Fische hier im See?

Nina: Ja.

Trigorin: Ich angle sehr gern. Ich kenne keinen größeren Genuß, als gegen Abend am Ufer zu sitzen und nach dem Angelkork zu schauen.

Nina: Ich sollte meinen, daß für jemand, der den Genuß des künstlerischen Schaffens kennt, alle anderen Genüsse überhaupt nicht mehr existieren.

Arkadina *laut:* Reden Sie nicht so. Wenn man ihm mit schönen Worten kommt, gerät er vollends außer Fassung.

Schamrajew: Ich erinnere mich, wie mal in der Oper in Moskau der berühmte Silwa das tiefe C sang. Auf der Galerie saß zufällig ein Bassist von unserem Kirchenchor, und mit einemmal erdröhnte, eine ganze Oktave tiefer, von oben her der Ruf: „Bravo,

Silva!“ – so etwa: *In tiefem Bass.* “Bravo, Silva!“ Sie können sich vorstellen, wie verblüfft alles war – das Publikum war einfach starr!

Pause.

Dorn: Ein Engel schwebt vorüber.

Nina: Und ich muß fort. Leben Sie wohl!

Arkadina: Wohin? Wohin so früh? Wir lassen Sie nicht fort.

Nina: Papa erwartet mich.

Arkadina: Wie unrecht von ihm, daß er ... *Küßt sie.* Nun, was ist da zu tun? Schade, daß sie schon gehen.

Nina: Wenn sie wüßten, wie schwer es mir fällt!

Arkadina: Vielleicht könnte Sie jemand begleiten, mein Kindchen?

Nina *erschrocken:* O, nein, nein!

Ssorin *bittend:* Bleiben sie doch!

Nina: Unmöglich, Pjotr Nikolajewitsch!

Ssorin: Nur auf ein Stündchen, wie?

Nina *sinnt ein Weilchen nach, unter Tränen:* Es geht wirklich nicht. *Drückt seine Hand, dann rasch ab.*

Arkadina: Ein unglückliches Mädchen eigentlich. Ihre verstorbene Mutter soll alles dem Gatten vermacht haben, das ganze große

Vermögen, bis auf die letzte Kopeke. Der hat nun wieder zugunsten seiner zweiten Frau verfügt, so daß das arme Kind jetzt ganz mittellos dasteht. Empörend!

Dorn: Ein ganz gehöriges Rindvieh, ihr Vater – das muß ihm der Neid lassen.

Ssorin *sich die kalten Hände reibend:* Wir wollen hineingehen, meine Herrschaften – es wird feucht. Ich spür's in den Beinen.

Arkadina: Sie sind schon ganz steif. Du gehst ja kaum. Na, komm, alter Unglücksmensch! *Faßt ihn unter den Arm.*

Schamrajew *reicht seiner Frau den Arm:* Madame?

Ssorin: Ich höre den Hund wieder heulen. *Zu Schamrajew.* Lassen Sie ihn von er Kette, Ilja Afanassjewitsch, seien Sie so freundlich!

Schamrajew: Das kann ich nicht, Pjotr Nikolajewitsch, ich fürchte, die Diebe brechen in den Speicher ein. Ich hab' jetzt die Hirse aufgeschüttet. *Zu Medwjedenko, der neben ihm hergeht.* Ja, um eine ganze Oktave tiefer: „Bravo Silwa!“ Und das war kein berühmter Sänger, sondern einfach einer vom Kirchenchor.

Medwjedenko: Wieviel Gehalt mag wohl solch ein Chorsänger bekommen?

Alle ab, außer Dorn.

Dorn *allein:* Ich weiß nicht – vielleicht versteh' ich nichts davon oder ich bin schwachsinnig geworden – aber das Stück hat mir gefallen. Es liegt was drin. Als dieses Mädchen von der Einsamkeit sprach, und dann, als die roten Teufelsaugen erschienen – da zitterten mir die Hände vor Erregung ... So frisch, so naiv ... Dort scheint er zu kommen. Ich will ihm recht viel Angenehmes sagen ...

Treplew *erscheint:* Alles fort ...

Dorn: : Ich bin noch da.

Treplew: Maschenka läuft im Park herum und sucht mich. Ein unausstehliches Geschöpf.

Dorn: Ihr Stück hat mir außerordentlich gefallen, Konstantin Gawrilowitsch. Es ist so seltsam. Den Schluß hab' ich nicht gehört – und doch hat's einen starken Eindruck auf mich gemacht. Sie sind begabt, Sie müssen weiterschreiben. *Treplew drückt ihm kräftig die Hand und umarmt ihn hastig.*

Dorn: Wie nervös Sie sind! Pfui doch! Und Tränen in den Augen ... Was ich noch sagen wollte: Sie haben ein abstraktes Sujet gewählt. Recht so! Ein Kunstwerk muß unbedingt irgendeinen großen Gedanken zum Ausdruck bringen. Schön kann nur sein, was ernst ist ... Wie bleich Sie sind!

Treplew: Sie meinen also, ich soll fortfahren?

Dorn: Ja. Aber schildern Sie nur das Bedeutungsvolle, nur das Ewige. Sie wissen, ich habe mein Leben abwechslungsreich und geschmackvoll verbracht; aber wenn ich jenen Zustand geistiger Erhebung kennenlernen sollte, in dem der Künstler zur Zeit des Schaffens sich befindet – ich glaube, ich würde meine materielle Hilfe nebst allem, was ihr eigen ist, verachten und immer weiter vom Irdischen fort zur Höhe aufstreben.

Treplew: Verzeihen sie, wo ist die Sarjetschnaja?

Dorn: Und dann noch eins: Ein dichterisches Werk muß eine klare, bestimmte Grundidee haben. Sie müssen wissen, warum sie schreiben; wenn Sie auf diesem malerischen Wege ohne bestimmtes Ziel fortfahren, werden Sie sich verirren und an Ihrem eigenen Talent zugrunde gehen.

Treplew *ungeduldig:* Wo ist die Sarjetschnaja?

Dorn: Sie ist nach Hause gefahren.

Treplew *verzweifelt:* Was soll ich tun? Ich will sie sehen ... Ich muß sie notwendig sehen ... Ich will hinfahren ...

Mascha tritt auf.

Dorn *zu Treplew:* Beruhigen sie sich, mein Freund!

Treplew: Ich fahre aber trotzdem. Ich muß hinfahren.

Mascha: Gehen Sie ins Haus, Konstantin Gawrilowitsch. Ihre Mama erwartet Sie. Sie beunruhigt sich.

Treplew: Sagen Sie ihr, daß ich weggefahren bin. Und ich bitte euch alle: laßt mich in Ruhe! Laßt mich! Lauft mir nicht immer nach!

Dorn: Na, na, na, mein Lieber ... so geht das nicht ... Das ist nicht gut so ...

Treplew *unter Tränen:* Leben sie wohl, Doktor. Ich danke Ihnen. *Ab*

Dorn *mit einem Seufzer:* Die Jugend, die Jugend!

Mascha: Wenn man sonst nichts zu sagen hat, sagt man: „Die Jugend, die Jugend!" *Nimmt eine Prise.*

Dorn *nimmt ihr die Schnupftabakdose fort und wirft sie ins Gebüsch:* Scheußlich!

Pause.

Drinnen spielen sie schon, wie es scheint. Gehen wir!

Mascha: : Einen Augenblick ...

Dorn: Was?

Mascha: Ich möchte Ihnen was sagen ... *Erregt.* Meinen Vater liebe ich nicht ...Sie aber sind meinem Herzen nahe. Ich fühle mit meiner ganzen Seele, daß Sie mir nahestehen ... Helfen Sie mir doch ... helfen Sie mir, sonst begeh' ich irgendeinen dummen Streich ... Ich zertrete mein Leben ... verpfusche es für immer ... Ich halt's nicht länger aus ...

Dorn: Was? Worin soll ich Ihnen helfen?

Mascha: Ich leide. Niemand, niemand weiß, wie schwer ich leide. *Lehnt ihren Kopf an seine Brust, leise.* Ich liebe Konstantin.

Dorn: Wie nervös sie alle sind! Wie nervös! Und wie verliebt ... Oh, dieser verhexte See! *Zärtlich.* Aber was kann ich dagegen tun, mein Kind? Was? Was?

Der Vorhang fällt.

Zweiter Aufzug

Ein Krocketplatz. Rechts im Hintergrund ein Haus mit großer Terrasse, links sieht man den See, in dem die sonne sich im Reflex spiegelt. Blumenbeete. Mittag. Es ist heiß.

Arkadina *zu Mascha:* Stehen wir mal auf. *Beide erheben sich.* Stellen wir uns nebeneinander. Sie sind zweiundzwanzig Jahre, und ich bin fast doppelt so alt. Jewgeni Ssergejewitsch, wer von uns beiden sieht jugendlicher aus?
Dorn: Sie natürlich.
Arkadina: Sehen Sie? Und woher kommt das? Weil ich arbeite, weil ich empfinde, ewig in Bewegung bin, während Sie immer auf einer Stelle sitzen und nicht leben. – Und dann hab' ich den Grundsatz, nie in die Zukunft schauen. Ich denke nie ans Alter, nie an den Tod. Was kommen muß, dem entgeht man nicht.
Mascha: Und ich habe das Gefühl, als wär' ich schon vor langer, langer Zeit geboren; ich schleife mein Leben hinter mir her wie eine endlose Schleppe ... und oft verlier' ich alle Lust zu leben. *Setzt sich.* Natürlich ist das alles Unsinn. Man muß sich ermannen, muß das alles von sich abschütteln.
Dorn *singt leise:* "O sagt ihr, meine holden Blumen ..."
Arkadina: Dabei halt' ich mich korrekt wie ein Engländer. Ich bin immer adrett, meine Liebe – Toilette, Frisur – alles comme il faut. Daß ich mir mal erlauben würde, in der Morgenjacke oder unfrisiert aus dem Hause zu gehen, wenn auch nur in den Garten ... niemals! Das hat mich eben konserviert, daß ich nie salopp war,

mich nie habe gehenlassen, wie so manche ... *Geht, die Arme in die Hüften stemmend, über den Platz.* Da, sehen Sie – wie ein Vögelchen. Könnte ohne weiteres noch eine Fünfzehnjährige spielen.

Dorn: Das soll mich nicht hindern, trotz alledem in der Lektüre fortzufahren. *Nimmt das Buch.* Wir waren beim Krämer und den Ratten stehengeblieben ...

Arkadina: Und den Ratten. Lesen Sie. *Setzt sich.* Oder nein, geben Sie her – ich werde lesen. Ich bin an der Reihe. *Nimmt das Buch und sucht Dorn mit den Augen.* Und den Ratten ... da ... *liest.* "Und natürlich ist's für Leute von Welt ebenso gefährlich, Romanschriftsteller an sich zu ziehen und ihnen den Hof zu machen, wie etwa für den Krämer, in seinen Speichern Ratten zu züchten. Und dennoch liebt man sie. Und wenn eine Frau sich einen Schriftsteller erkoren hat, den sie an sich zu locken wünscht, so attackiert sie ihn erst mit Komplimenten, kleinen Liebenswürdigkeiten und Gefälligkeiten.“ – Na, das ist bei den Franzosen so – bei uns dagegen gibt es nichts dergleichen, da geschieht alles ohne Programm. Bei uns ist eine Frau, bevor sie noch den Schriftsteller zu fesseln vermag, gewöhnlich schon selbst bis über die Ohren in ihn verschossen. Ja, meine Verehrten, Sie brauchen nicht weit zu suchen – nehmen Sie nur mich und Trigorin.

Ssorin kommt, auf einen Stock gestützt, und mit ihm zugleich Nina. – Medwjedenko schiebt den leeren Rollstuhl hinter ihnen her.

Ssorin *liebkosend, wie man zu Kindern spricht:* Wirklich? Wir haben also mal eine Freude? Sind also vergnügt am Ende? *Zur Schwedter.* Wir haben heute eine Freude! Der Vater und die Stiefmutter sind nach Twer gefahren, und wir sind für ganze drei Tage jetzt frei.

Nina *setzt sich neben die Arkadina und umarmt sie:* Ich bin glücklich. Ich gehöre jetzt Ihnen.

Ssorin *nimmt in seinem Rollstuhl Platz:* Sie ist heute so hübsch.

Arkadina: So nett gekleidet, so interessant ... Das ist vernünftig. *Küßt Nina:* Aber man darf sie nicht zu sehr loben, das bringt Unglück. Wo ist Boris Alexejewitsch?

Nina: Im Badehaus, er angelt.

Arkadina: Daß ihn das nicht langweilt! *Will in der Lektüre fortfahren.*

Nina: Was lesen Sie?

Arkadina: Maupassant. „Auf dem Wasser", mein Herzchen. *Liest ein paar Zeilen für sich.* Nun, was weiter kommt, ist nicht interessant und nicht wichtig. *Macht das Buch zu.* Ich bin so unruhig. Sag mir, was ist mit meinem Sohn? Warum ist er so übel gelaunt und so schroff? Er verbringt ganze Tage auf dem See, und ich sehe ihn fast gar nicht.

Mascha: Ihm ist nicht wohl ums Herz. *Zu Nina, schüchtern.* Bitte, tragen sie uns etwas aus seinem Stücke vor!

Nina *mit einem Achselzucken:* Wollen Sie wirklich? Es ist so uninteressant!

Mascha *mit verhaltenem Entzücken:* Wenn er selbst etwas vorträgt, dann glühen seine Augen, und sein Gesicht wird ganz bleich. Er hat eine schöne, traurige Stimme; und Manieren – ganz wie ein Dichter.

Man hört Ssorins Schnarchen.

Dorn: Gute Nacht!

Arkadina: Petruschka!

Ssorin: Hä?

Arkadina: Du schläfst?

Ssorin: Bewahre!

Pause.

Arkadina: Du tust nichts für deine Gesundheit; das ist nicht recht; Bruder.

Ssorin: Ich möcht's schon, aber hier der Doktor will nicht.

Dorn: Was ist da viel zu machen bei einem Sechziger!

Ssorin: Auch ein Sechziger will noch leben.

Dorn *ärgerlich:* Ah! Nun, nehmen Sie Baldriantropfen.

Arkadina: Ich glaube, eine Badekur würde ihm guttun.

Dorn: Vielleicht – vielleicht auch nicht.

Arkadina: Daraus soll man klug werden.

Dorn: Was heißt klug werden, es ist doch alles klar.

Pause.

Medwjedenko: Pjotr Nikolajewitsch, Sie sollten das Rauchen lassen.

Medwjedenko: Unsinn.

Dorn: Nein, kein Unsinn. Wein und Tabak berauben den Menschen seiner Persönlichkeit. Nach einer Zigarre oder einem Glas Wein sind Sie nicht mehr Pjotr Nikolajewitsch plus noch jemand. Ihr Ich zerfließt gleichsam, und Sie verhalten sich zu sich selbst wie zu einer dritten Person, einem „Er".

Ssorin *lacht:* Sie haben gut reden. Sie haben etwas von Ihrem Leben gehabt – und ich? Ich habe achtundzwanzig Jahre im Justizressort gedient, aber noch nicht gelebt, noch nichts erlebt, am Ende, und selbstverständlich habe ich da ein starkes Verlangen nach dem Leben. Sie sind gesättigt, gleichgültig geworden und neigen daher zur Philosophie – ich aber will leben und trinke darum Sherry zu Tisch, rauche Zigarren. So liegt die Sache.

Dorn: Man muß das Leben ernst nehmen – aber als Sechziger mit dem Kurieren anfangen und darüber jammern, daß man in der Jugend wenig genossen hat – das ist, verzeihen sie – Leichtsinn.

Mascha *erhebt sich:* 's ist wohl schon Zeit zum Frühstücken. *Geht mit trägem, schleppendem Gange.* Mein Bein ist eingeschlafen. *Ab.*

Dorn: Jetzt geht sie und trinkt noch vor dem Frühstück ihre zwei Gläschen.

Ssorin: Hat eben kein persönliches Glück, die Ärmste.

Dorn: Nicht so schlimm, Exzellenz!

Ssorin: Sie reden wie ein satter Mensch.

Arkadina: Ach, was kann's Langweiligeres geben als diese liebe ländliche Langeweile! Es ist heiß und still, kein Mensch tut etwas, alles philosophiert ... Es ist ganz schön hier bei euch, meine Freunde, man hört euch mit Vergnügen zu, aber ... in seinem

Hotelzimmer sitzen und seine Rolle studieren – ist doch, weiß Gott, schöner!

Nina *begeistert:* Schön! ... ich verstehe Sie.

Ssorin: Gewiß, in der Stadt ist's schöner. Man sitzt in seinem Kabinett, der Diener läßt niemand ohne Anmeldung vor, man hat Telefon ... Droschken vor der Tür und so ...

Dorn singt für sich. – Schamrajew tritt ein, hinter ihm Polina Andrejewna.

Schamrajew: Da sind unsere Herrschaften. Guten Tag! *Küßt zuerst Frau Arkadina und dann* ***Nina:*** *die Hand.* Sehr erfreut, Sie munter zu sehen. *Zu Arkadina:* Meine Frau sagte, Sie wollten heut mit ihr in die Stadt fahren. Stimmt das?

Arkadina: Ja, wir haben die Absicht.

Schamrajew: Hm ... Das ist ja großartig, aber wie wollen Sie denn hinfahren, Verehrteste? Heut wird bei uns der Roggen geerntet. Alle Arbeiter sind beschäftigt. Welche Pferde wollen Sie nehmen, wenn ich fragen darf?

Arkadina: Welche Pferde? Wie soll ich das wissen?

Ssorin: Wir haben doch die Kutschpferde!

Schamrajew *erwägt:* Die Kutschpferde, so – und woher soll ich die Geschirre nehmen? Das ist ja wundervoll! Nicht zu glauben! Verzeihen Sie, Verehrteste – ich bewundere ihr Talent, bin bereit, zehn Jahre meines Lebens für Sie hinzugeben, aber Pferde kann ich Ihnen nicht geben.

Arkadina: Aber wenn ich fahren muß? Sonderbar!

Schamrajew: Verehrteste! Sie wissen nicht, was Wirtschaft heißt.

Arkadina *aufbrausend:* Die alte Geschichte. Dann reise ich noch heut nach Moskau ab. Lassen Sie für mich Pferde im Dorf besorgen, sonst geh' ich zu Fuß zur Bahnstation.

Schamrajew *aufbrausend:* In diesem Falle verzichte ich auf meine Stelle. Suchen sie sich einen anderen Verwalter. *Ab.* b

Arkadina: Jeden Sommer dasselbe. Jeden Sommer muß ich mich hier beleidigen lassen. Nie wieder setz' ich meinen Fuß hierher.

> *Ab nach links, wo das Badehaus angenommen wird; einen Augenblick später sieht man sie ins Haus eintreten, hinter ihr Trigorin mit Angeln und einem Eimer.*

Ssorin *aufbrausend:* Das ist eine Unverschämtheit! Das ist – der Teufel weiß was! Ich hab' das jetzt satt. Sofort soll man alle Pferde herschaffen!

Nina *zu Polina Andrejewna:* Irina Nikolajewna etwas abzuschlagen! Einer so berühmten Künstlerin! Ist nicht jeder ihrer Wünsche, ja selbst eine Laune wichtiger als Ihre ganze Wirtschaft? Einfach unglaublich!

Polina Andrejewna *verzweifelt:* Was kann ich denn dafür? Versetzen sie sich in meine Lage ... was kann ich denn dafür?

Ssorin *zu Nina:* Kommen Sie mit mir zur Schwester. Wir wollen sie alle bitten, daß sie nicht abreist. Nicht wahr? *Blickt nach der Richtung, in der Schamrajew sich entfernt hat.* Ein unausstehlicher Mensch! Ein Despot.

Nina *hält ihn vom Aufstehen zurück:* Bleiben Sie sitzen, bleiben Sie sitzen ... Wir fahren Sie hin ... *Schiebt mit Medwjedenko den Stuhl.* Oh, wie schrecklich!

Ssorin: Ja, ja, das ist schrecklich ... Aber er wird nicht gehen, ich will gleich mit ihm reden.

Ab, nur Dorn und Polina Andrejewna bleiben zurück.

Dorn: Die Menschen sind doch langweilig. Eigentlich sollte man Ihrem Mann sofort den Laufpaß geben – und schließlich wird das Ende vom Lied sein, daß Pjotr Nikolajewitsch, dieses alte Weib, und seine Schwester ihn um Entschuldigung bitten. Sie werden sehen!

Polina Andrejewna: Er hat die Kutschpferde wirklich aufs Feld geschickt. Jeden Tag solche Mißverständnisse. Wenn Sie wüßten, wie mich das aufregt! Ich werde krank davon, sehen Sie doch, wie ich zittre ... Ich ertrage seine Roheiten nicht länger. *Flehend:* Jewgeni, mein Teurer, Geliebter, nehmen sie mich zu sich! Unsere Zeit vergeht, wir sind nicht mehr jung, wenigstens an unserem Lebensende wollen wir uns nicht mehr verstecken, wollen wir nicht mehr lügen ...

Pause.

Dorn: Ich bin fünfundfünfzig Jahre. 's ist schon zu spät, das Leben zu ändern.

Polina Andrejewna: Ich weiß, Sie schlagen es mir ab, weil außer mir noch andere Frauen Ihnen nahestehen. Alle können Sie nicht zu sich nehmen. Ich verstehe. Verzeihen sie, ich bin Ihnen schon über ...

Nina erscheint in der Nähe des Hauses, sie pflückt Blumen.

Dorn: Ach, nein ...

Polina Andrejewna: Ich leide unter meiner Eifersucht. Gewiß, sie sind Arzt, Sie können die Frauen nicht meiden. Ich verstehe.

Dorn *zu Nina, die näher tritt:* Wie steht's dort?

Nina: Irina Nikolajewna weint, und Pjotr Nikolajewitsch hat einen Asthmaanfall.

Dorn *erhebt sich:* Will ihnen beiden Baldriantropfen geben ...

Nina *reicht ihm die Blumen:* Bitte.

Dorn: Merci bien! *Geht nach dem Hause.*

Polina Andrejewna *geht mit ihm:* Was für reizende Blumen! *In der Nähe des Hauses mit dumpfer Stimme:* Geben sie mir diese Blumen!

> *Nimmt die Blumen, zerreißt sie und wirft sie fort. Beide gehen ins Haus.*

Nina *allein:* Wie sonderbar – zu sehen, daß eine berühmte Künstlerin weint, und noch dazu aus einem so nichtigen Anlaß! Und ist es nicht sonderbar, ein berühmter Schriftsteller, der Liebling des Publikums – alle Zeitungen schreiben über ihn, man verkauft seine Bilder, übersetzt ihn in fremde Sprachen – und er angelt den ganzen Tag und freut sich, wenn er zwei Plötzen gefangen hat, ich dachte, berühmte Leute seien stolz und unzugänglich, sie verachteten die Menge und rächten sich durch ihren Ruhm, durch den Glanz ihres Namens dafür, daß sie vornehme Herkunft und Reichtum über alles schätzen. Aber sieh da – sie weinen, sie angeln, sie spielen Karten, lachen und ärgern sich, ganz wie die anderen …

Treplew *kommt ohne Hut, mit der Büchse und einer erlegten Möwe:* Sie sind hier allein?

Nina: Ja. *Treplew legt ihr die Möwe zu Füßen.* Was bedeutet das?

Treplew: Ich beging die Gemeinheit, heute diese Möwe zu töten. Ich lege sie Ihnen zu Füßen.

Nina: Was ist Ihnen? *Nimmt die Möwe auf und betrachtet sie.*

Treplew *nach einer Pause:* Bald werde ich mich selbst auf gleiche Weise täten.

Nina: Ich erkenne Sie nicht wieder.

Treplew: Ja – nachdem ich aufgehört habe, Sie wiedererkennen. Sie sind mir gegenüber eine andere geworden, Ihr Blick ist kalt, meine Gegenwart ist Ihnen peinlich.

Nina: Sie sind seit einiger Zeit gereizt, drücken sich unverständlich aus, so in Symbolen … Und diese Möwe ist offenbar auch ein Symbol, aber, verzeihen Sie, ich verstehe Sie nicht … *Legt die Möwe auf die Bank.* Ich bin zu einfach, um Sie zu verstehen.

Treplew: Es begann an jenem Abend, als mein Stück auf so dumme Weise durchfiel. Frauen verzeihen einen Mißerfolg nicht. Ich habe alles verbrannt, alles bis auf den letzten Fetzen. Wenn Sie wüßten, wie unglücklich ich bin! Ihre Kälte ist schrecklich, ganz unfaßbar, wie wenn ich aufgewacht wäre und sähe, daß dieser See plötzlich ausgetrocknet oder in der Erde verschwunden ist. Sie sagten eben, Sie seien zu einfach, um mich zu verstehen. Oh, was ist da zu verstehen? Das Stück hat nicht gefallen, sie verachten mein dichterisches Schaffen, Sie halten mich schon für einen Dutzendmenschen, eine Null, wie es deren viele gibt. *Stampft mit dem Fuß.* Wie gut ich das verstehe! Wie ich das verstehe! Mir sitzt gleichsam ein Nagel im Hirn – verflucht soll er sein, samt seiner Eigenliebe, die mein Blut saugt … saugt wie eine Schlange … *Er sieht Trigorin, der, in einem Buche lesend, näher kommt.* Da kommt das wahre Talent, er schreitet daher wie Hamlet – und gleichfalls mit einem Buche. *Nachäffend.* "Worte, Worte, Worte!" Die Sonne ist noch gar nicht an Sie herangekommen, und Sie lächeln schon, Ihr Blick ist geschmolzen unter ihren Strahlen. Ich will Sie nicht stören. *Rasch ab.*

Trigorin *macht Notizen in ein Buch:* Schnupft und trinkt Schnaps … Immer in Schwarz. Ein Lehrer liebt sie …

Nina: Guten Tag, Boris Alexejewitsch!

Trigorin: Guten Tag! Die Umstände haben sich wider Erwarten so gefügt, daß wir vermutlich heut abreisen. Ich werde Sie kaum jemals wiedersehen. Schade. Ich habe nur selten Gelegenheit, jungen Mädchen zu begegnen, jungen und interessanten, ich hab's schon vergessen und kann es mir nicht klar vorstellen, wie man mit achtzehn, neunzehn Jahren empfindet, und darum sind auch in meinen Erzählungen die jungen Mädchen gewöhnlich verzeichnet. Möcht' wirklich einmal an Ihrer Stelle sein, wenn auch nur auf eine Stunde, um zu erfahren, wie Sie fühlen, und überhaupt, was für ein Geschöpfchen Sie sind.

Nina: Und ich möcht' gern einmal an Ihrer Stelle sein.

Trigorin: Warum?

Nina: Um zu erfahren, wie sich ein berühmter und –voller Schriftsteller so vorkommt. Wie macht sich die Berühmtheit fühlbar? Wie empfinden Sie es, daß Sie berühmt sind?

Trigorin: Wie? Ich glaube, gar nicht. Ich habe nie darüber nachgedacht. *Überlegend.* Eins von beiden: entweder Sie überschätzen meine Berühmtheit, oder die Berühmtheit wird überhaupt nicht empfunden.

Nina: Und wenn Sie lesen, was über Sie in den Zeitungen steht?

Trigorin: Lobt man mich, so ist's angenehm, und zieht man über mich her, so bin ich dann zwei tage lang nicht bei Laune.

Nina: Eine seltsame Welt! Wie ich Sie beneide, wenn Sie wüßten! Das Los der Menschen ist so verschieden. Die einen schleppen mühsam ihr langweiliges, unbeachtetes Dasein hin, alle miteinander ähnlich, alle unglücklich; dem andern – Ihnen zum Beispiel, Sie sind einer unter einer Million – wurde ein interessantes, lichtvolles, überquellendes Leben zuteil ... Sie sind glücklich – – –

Trigorin: Ich? *Zuckt die Achseln.* Hm ... Sie reden da von Berühmtheit, von Glück, von einem lichtvollen, interessanten Leben – und für mich sind alle diesen schönen Worte+– verzeihen Sie – gleich der Marmelade, die ich nie esse. Sie sind sehr jung und sehr gut.

Nina: Ihr Leben ist schön!

Trigorin: Was ist daran besonders schön? *Sieht auf die Uhr.* Ich muß gleich gehen und schreiben. Entschuldigen sie, ich habe keine Zeit ... *Lacht.* Sie sind mir, wie man zu sagen pflegt, auf mein liebstes Hühnerauge getreten, und da beginne ich mich aufzuregen und ein klein wenig zu ärgern. Übrigens, ja, reden wir davon. Reden wir von meinem schönen, lichtvollen Leben ... nun, womit fangen wir an? *Sinnt ein wenig nach.* Es gibt Zwangsvorstellungen, wenn der Mensch Tag und Nacht immer nur, sagen wir: an den Mond denkt. auch ich habe einen solchen Mond. Tag und Nacht quält mich ohne Unterlaß ein und derselbe Gedanke: ich muß schreiben, schreiben, schreiben, – Kaum habe ich eine Erzählung beendet, so treibt es mich sogleich wieder, eine neue zu schreiben, dann eine dritte, nach der dritten eine vierte ... ich schreibe ununterbrochen, wie in einer ewigen Flut, und ich kann nicht anders. Was ist daran schön und lichtvoll, frage ich Sie? Oh, was für ein sinnloses Leben! Da sitz' ich nun hier mit Ihnen, bin in Aufregung – und werde dabei nicht einen Augenblick den Gedanken los, daß eine unbeendete Erzählung meiner harrt. Ich sehe die Wolke da, die wie ein Klavier aussieht, gleich denke ich: du mußt irgendwo in deiner Erzählung einflechten, daß eine Wolke am Himmel hinzog, die einem Klavier glich. Es riecht nach Heliotrop. Gleich muß ich mir einprägen: ein süßlicher Duft, Witwenfarbe, bei der Schilderung eines Sommerabends zu erwähnen. Ich belauere mich selbst und Sie bei jeder Phrase, bei jedem Wort und beeile mich, all diese Phrasen und Worte schleunigst in meiner literarischen Vorratskammer zu verschließen. Vielleicht kann ich sie mal brauchen. Hab' ich meine

Arbeit beendet, so lauf' ich ins Theater oder geh' angeln, hier möcht' ich ausruhn, mich selbst vergessen – aber nein, im Kopfe rollt schon eine eiserne Kugel, ein neues Sujet, und zieht mich schon zum Tisch, und ich muß wieder schreiben und schreiben. Und so geht's in einem fort, in einem fort, und ich hab' keine Ruhe vor mir selbst, und ich fühle, wie ich mein eigenes Leben aufzehre, wie ich um des Honigs willen, den ich da für irgend jemand im weiten Raum sammle, den Staub von meinen schönsten Blumen abstreife und die Blumen selbst zerpflücke und ihre Wurzel zerreiße. Bin ich nicht ein Wahnsinniger? Behandeln mich meine Freunde und Bekannten etwa wie einen Gesunden? „Was haben Sie unter der Feder? Womit werden Sie uns beschenken?“ Ewig ein und dasselbe, ein und dasselbe, und es ist mir, als ob diese Aufmerksamkeit der Bekannten, diese Lobsprüche, dieses Entzücken – als ob alles das nur Täuschung wäre, als belöge man mich wie einen Kranken, und ich fürchte bisweilen, sie könnten plötzlich von hinten an mich heranschleichen, mich packen und – mich ins Irrenhaus schleppen. Und in jenen Jahren, in meinen jungen, besten Jahren, da ich anfing zu schreiben, war die Schriftstellerei für mich ein einziges Martyrium. Der kleine Schriftsteller kommt sich, namentlich wenn er kein Glück hat, schwerfällig, ungeschickt, überflüssig vor, seine Nerven sind überreizt, verbraucht; unwiderstehlich zieht's ihn zu den Leuten, die mit Literatur und Kunst zu tun haben, und er umschleicht sie, von niemand beachtet, von niemand anerkannt, und fürchtet sich, den Leuten frei und offen in die Augen zu sehen, wie ein Spieler, der kein Geld hat. Ich kenne meinen Lehrer nicht, in meiner Vorstellung jedoch erscheint er mir, Gott weiß warum, feindselig und mißtrauisch. Ich fürchtete das Publikum, hatte eine Heidenangst vor ihm, und wenn ich ein neues Stück von mir zur Aufführung brachte, schien es mir jedesmal, als wären die Brünetten mir feindselig gesinnt und die Blonden kalt und gleichgültig. Oh, wie entsetzlich war das! Was für eine Qual!

Nina: Erlauben Sie, gibt denn die dichterische Begeisterung und der Prozeß des Schaffens selbst Ihnen keine erhabenen, glücklichen Momente?

Trigorin: Ja, das Schreiben macht mir Vergnügen. Auch das Korrekturlesen macht mir Spaß. Kaum aber ist eine Sache im Druck erschienen, so halt ich's nicht mehr aus, und ich sehe, daß es nicht das Rechte ist, ein Fehlschuß, daß ich's überhaupt nicht hätte schreiben sollen, und ich ärgere mich, habe einen moralischen Katzenjammer. *Lachend.* Das Publikum aber liest es:

„Ja, ganz nett, ganz talentvoll ... Nett, aber längst kein Tolstoi", oder: „Eine ganz hübsche Sache, aber ›Väter und Söhne‹ von Turgenjew sind besser." Und so heißt's bis ans kühle Grab immer nur: „nett und talentvoll", „nett und talentvoll" – – weiter nichts, und wenn ich tot bin, werden die Bekannten, wenn sie an meinem Grabe vorübergehen, sagen: „Hier liegt Trigorin. Er war ein ganz tüchtiger Schriftsteller, schrieb aber schlechter als Turgenjew."

Nina: Verzeihen sie, ich verzichte darauf, Sie zu verstehen. Sie sind einfach durch den Erfolg verwöhnt.

Trigorin: Was für ein Erfolg? Ich habe mir selbst als Schriftsteller nie gefallen. Ich liebe mich als Schriftsteller nicht. Das Schlimmste aber ist, daß ich mich gleichsam in einem Rausch befinde und oft nicht verstehe, was sich schreibe ... Ich liebe hier dieses Wasser, die Bäume, den Himmel, ich fühle die Natur, sie weckt in mir die Leidenschaft, den unwiderstehlichen Wunsch, zu schreiben. Aber ich bin schließlich nicht nur Landschaftsmaler, ich bin auch Staatsbürger, ich liebe meine Heimat, mein Volk, ich fühle, daß, wenn ich ein Schriftsteller bin, ich die Verpflichtung habe, vom Volk zu reden, von seinen Leiden, seiner Zukunft, ferner von der Wissenschaft, von den Menschenrechten usw. usw., und ich rede von alledem, beeile mich, man treibt mich von allen Seiten an, man ärgert sich über mich, ich springe von einer Seite auf die andere wie ein von Hunden gehetzter Fuchs, ich sehe, daß das Leben und die Wissenschaft stetig vorwärtsschreiten, immer weiter und weiter, während ich immer mehr und mehr zurückbleibe wie ein Bauer, der den Zug versäumt hat, und ich fühle schließlich, daß ich in der Tat nur die Landschaft malen kann, in allem übrigen aber bis in die Knochen falsch und unecht bin.

Nina: Sie gehen ganz in der Arbeit auf und haben weder Zeit noch Lust, sich Ihrer Bedeutung bewußt zu werden. Mögen sie selbst auch mit sich unzufrieden sein – für die andern sind Sie groß und schön! Wenn ich ein Schriftsteller Ihres Ranges wäre, würde ich mein ganzes Leben der Menge opfern, doch würde ich mir darüber vollkommen klar sein, daß das Glück der Menge einzig darin besteht, sich zu mir emporzuheben, und sie würde mich dafür im Triumphwagen hinziehen ...

Trigorin: Na, im Triumphwagen ... bin ich denn ein Agamemnon? *Beide lächeln.*

Nina: Für das Glück, eine Schriftstellerin oder Schauspielerin zu sein, würde ich den Haß der Verwandten, Not und Enttäuschung ertragen, würde ich unterm Dach wohnen und nur Schwarzbrot essen, würde ich gern unter der Unzufriedenheit mit mir selbst, unter dem Bewußtsein meiner Unvollkommenheit leiden, aber dafür würde ich dann auch Ruhm ... echten, rauschenden Ruhm verlangen ... *Bedeckt ihr Gesicht mit den Händen.* Es schwindelt mir ... Uff!

Arkadinas Stimme aus dem Hause: „Boris Alexejewitsch!“

Trigorin: Man ruft mich ... Jedenfalls, um mich zu packen. Und ich hab' gar keine Lust, abzureisen ... *Blickt nach dem See hin.* Da, welche Pracht! Wie schön!

Nina: Sehen sie das Haus und den Garten dort am anderen Ufer?

Trigorin: Ja.

Nina: Das ist das Gut meiner verstorbenen Mutter. Ich bin dort geboren. Ich habe mein ganzes Leben hier am See verbracht und kenne jedes Inselchen darin.

Trigorin: Schön ist's hier bei Ihnen! *Er sieht die Möwe.* Und was ist das?

Nina: Eine Möwe. Konstantin Gawrilowitsch hat sie geschossen.

Trigorin: Ein schöner Vogel. Ich habe wirklich keine Lust zum Abreisen. Überreden Sie doch Irina Nikolajewna, daß sie bleibt. *Macht Notizen in sein Buch.*

Nina: Was schreiben sie da?

Trigorin: Ich mache mir Notizen ... Ein Sujet fiel mir ein. *Steckt das Buch ein.* Der Stoff zu einer kleinen Erzählung: Am Ufer eines Sees lebt von Kindheit an ein junges Mädchen, ganz so wie Sie, es liebt den See und ist glücklich und frei wie die Möwe. Zufällig aber kam ein Mensch,
sah die Möwe, und weil er nichts Besseres zu tun hatte, vernichtete er ihr Leben, ganz wie hier das der Möwe.

Pause; im Fenster erscheint Arkadina.

Arkadina: Boris Alexejewitsch, wo sind Sie?
Trigorin: Gleich! *Geht und blickt sich dabei nach Nina um; am Fenster, zur Arkadina.* Was gibt's?
Arkadina: Wir bleiben.

Trigorin ab ins Haus.

Nina *tritt an die Rampe; nach einigem Nachdenken:* Ein Traum!

Vorhang.

Dritter Aufzug

Ein Speisezimmer im hause Ssorins. Rechts und links Türen. Ein Büfett. Ein Schrank mit Arzneien. In der Mitte des Zimmers ein Tisch. Ein Koffer und Kartons. Es sind Vorbereitungen zur Abreise bemerkbar.

Trigorin frühstückt, Mascha steht am Tisch.

Mascha: Alles das erzähle ich Ihnen als dem Schriftsteller: Sie können es verwenden. Ich beteuere Ihnen, wenn er sich ernstlich verwundet hätte, wäre ich keine Minute länger am Leben geblieben. Aber ich bin tapfer. Und deshalb habe ich mich entschlossen, diese Liebe aus meinem Herzen zu reißen, und zwar mit der Wurzel.

Trigorin: Wie wollen Sie das machen?

Mascha: Ich verheirate mich. Mit Medwjedenko.

Trigorin: Mit dem Lehrer?

Mascha: Ja.

Trigorin: Ich sehe diese Notwendigkeit nicht ein.

Mascha: Hoffnungslos zu lieben, jahrelang immer auf irgend etwas zu warten ... Wenn ich heirate, werde ich an andere Dinge zu denken haben als an Liebe, die neuen Sorgen werden alles Alte vergessen machen. Und dann, sehen Sie, ist es immerhin eine Veränderung. Wollen wir noch einen trinken?
Trigorin: Wird's Ihnen nicht zuviel?
Mascha: Ach was! *Schenkt die Gläser wieder voll.* Sehen sie mich nicht so an. Frauen trinken häufiger, als Sie glauben. Die wenigsten trinken offen, wie ich, die meisten aber tun es heimlich. Ja. Und immer Branntwein oder Kognak. *Stößt an.* Prosit! Sie sind ein einfacher Mensch, es tut einem leid, von Ihnen Abschied nehmen zu müssen!

Sie trinken.

Trigorin: Ich selbst reise ungern.
Mascha: So bitten Sie, daß sie bleibt.
Trigorin: Nein, jetzt wird sie nicht mehr bleiben. Der Sohn benimmt sich äußerst taktlos. Erst schießt er auf sich selbst, und jetzt, heißt es, will er mich fordern. Und weshalb? Schmollt, prustet, predigt neue Formen ... Es gibt doch genug Platz für alle. Für die neuen und die alten – wozu also das Drängen?

Mascha: Nun, vielleicht ist's auch Eifersucht. Übrigens, das geht mich nichts an.

Eine Pause. Jakow geht von links nach rechts mit einem Koffer durch das Zimmer; Nina kommt herein und bleibt am Fenster stehen.

Mascha: Mein Schulmeister ist nicht allzu klug, aber ein guter Kerl und ein armer Teufel, und er liebt mich sehr. Er tut mir leid, und auch sein altes Mütterchen tut mir leid. Nun, erlauben Sie, daß ich Ihnen alles Gute wünsche. Behalten Sie mich in gutem Andenken.

Drückt kräftig seine Hand.

Bin Ihnen sehr dankbar für Ihre freundliche Zuneigung. Schicken Sie mir Ihre Werke, aber unbedingt mit einer Widmung, und, bitte, schreiben Sie nicht „der Verehrten“ usw., sondern „an Maria, die nirgends hingehört und nicht weiß, wozu sie auf dieser Welt lebt“. Leben Sie wohl! *Ab.*

Nina *zu Trigorin, die zur Faust geballte Hand hinstreckend:* Gerade oder ungerade?

Trigorin: Gerade.

Nina *seufzend:* Ach nein. Ich habe nur eine Erbse in der Hand. Ich wollte das Orakel befragen, ob ich Schauspielerin werden soll oder nicht. Wenn mir doch jemand raten wollte!

Trigorin: Da läßt sich nicht raten ... *Pause.*

Nina: Jetzt scheiden wir, und ... vielleicht sehen wir uns nie wieder. Ich bitte Sie, dieses kleine Medaillon als Andenken von mir anzunehmen. Ich habe Ihre Initialen eingravieren lassen ... und hier auf dieser Seite den Titel Ihres Buches: „Tage und Nächte".

Trigorin: Wie graziös! *Er küßt das Medaillon.* Ein entzückendes Geschenk.

Nina: Denken Sie zuweilen an mich.

Trigorin: Ich werde an Sie denken. Ich werde mich an Sie erinnern, wie Sie an jenem bedeutsamen Tage waren – wissen Sie noch? – Vor acht Tagen, als Sie das helle Kleid anhatten ... Wir sprachen miteinander ... damals lag auf der Bank noch die weiße Möwe.

Nina *nachdenklich:* Ja, die Möwe.

Pause.

Wir können nicht länger miteinander sprechen. Es kommt jemand+... Schenken Sie mir noch zwei Minuten vor Ihrer Abreise. Ich flehe Sie an ...

Geht nach links ab; gleichzeitig kommen von rechts die Arkadina, Ssorin im Frack mit Ordensstern, dann Jakow, der mit dem Gepäck zu tun hat.

Arkadina: Bleib zu Hause, Alter. Kannst du denn mit deinem Rheumatismus Besuche machen? *Zu Trigorin.* Wer ist hier eben fortgegangen? Nina?

Trigorin: Ja.

Arkadina: Pardon, wir haben gestört ... Ich glaube, ich habe alles eingepackt. Halb tot bin ich.

Trigorin *liest aus dem Medaillon:* "Tage und Nächte", Seite 121, Zeilen 11 und 12.

Jakow: Befehlen Sie, die Angeln auch einzupacken?

Trigorin: Ja, die werde ich noch brauchen. Die Bücher kannst du verschenken.

Jakow: Jawohl, gnädiger Herr!

Trigorin *für sich:* Seite 121, Zeilen 11 und 12. Wie lauten diese Zeilen? *Zu Arkadina.* Sind hier im Hause meine Schriften vorhanden?

Arkadina: Im Arbeitszimmer meines Bruders, im Eckschrank.

Trigorin: Seite 121. ... *Geht ab.*

Arkadina: Aber Petruscha, es wäre besser, wenn du zu Hause bliebest.

Ssorin: Ihr verreist, ohne euch wird's mir schwer sein zu Hause.

Arkadina: Und was ist in der Stadt los?

Ssorin: Nichts Besonderes, aber doch ... *Er lacht.* Es wird die Grundsteinlegung des Landschaftshauses stattfinden und so ...Man möchte doch für ein paar Stunden aus diesem Fischdasein erwachen, sonst verschimmelt man ja wie eine alte Zigarrenspitze. Ich habe die Pferde für ein Uhr bestellt, wir reisen gleichzeitig ab.

Arkadina *nach einer Pause:* Nun, so lebe denn hier, langweile dich nicht und sieh zu, daß du dich nicht erkältest. Gib auf meinen Jungen acht! Behüte und belehre ihn.

Pause.

Sieh, ich verreise, ohne eigentlich zu wissen, weshalb Konstantin den Selbstmordversuch gemacht hat. Mir scheint, der Hauptgrund war Eifersucht, und je eher ich Trigorin hier wegführe, desto besser.

Ssorin: Was soll ich dir sagen? Es lagen auch noch andere Gründe vor. Es ist doch klar, ein verständiger junger Mensch lebt auf dem Lande, an einem abgelegenen Ort, ohne Geld, ohne Position, ohne Zukunft, hat gar keine Beschäftigung. Seine Untätigkeit beschämt ihn und flößt ihm Furcht ein. Ich habe ihn außerordentlich gern, und auch er hängt an mir, aber zu guter Letzt kommt er sich doch hier überflüssig vor, wie einer, der von der Gnade anderer lebt, ein Parasit. Es ist doch klar, sein Selbstgefühl ...

Arkadina: Er macht mir Kummer! *Nachdenklich.* Vielleicht sollte er in den Staatsdienst eintreten.

Ssorin *pfeift etwas vor sich hin, unschlüssig:* Am besten wär's, glaube ich, du gibst ihm etwas Geld. erst muß er sich anständig equipieren und so. Er trägt schon drei Jahre denselben Rock, hat keinen Überzieher ... *Lacht.* Es würde ihm auch nicht schaden, wenn er sich ein bißchen amüsierte ... Eine Reise ins Ausland vielleicht ... Das ist doch nicht so kostspielig.

Arkadina: Doch, doch ... Einen Anzug kann ich vielleicht noch ... aber ins Ausland ... Nein, gerade jetzt bin ich nicht einmal imstande, den Anzug zu bezahlen. *Entschlossen.* Ich habe kein Geld.

Ssorin lacht.

Arkadina: Nein!

Ssorin *pfeift:* So, so. Na ja, verzeih, meine Liebe, sei nur nicht böse ... Ich glaub's dir ... du bist eine großmütige, edle Frau+...

Arkadina *unter Tränen:* Ich habe kein Geld.

Ssorin: Wenn ich Geld hätte, selbstverständlich würde ich ihm welches geben, aber ich habe nichts, nicht einen Sechser.

Er lacht.

Meine ganze Pension nimmt mir mein Verwalter weg, verwendet sie auf Ackerbau, Viehzucht und Bienenzucht, und dabei geht mein Geld verloren. Die Bienen sterben, die Kühe fallen, Pferde bekomm' ich niemals ...

Arkadina: Und ich habe kein Geld, aber ich bin eine Künstlerin, die Toiletten allein ruinieren mich.

Ssorin: Du bist gut und lieb ... Ich verehre dich ... Ja ... Aber was ist das ... *Wankt.* Mir schwindelt. *Hält sich am Tisch fest.* Mir ist übel ...

Arkadina *erschrocken:* Petruschka!

Sie sucht ihn zu stützen.

Petruscha, mein Teurer! ... *Sie schreit.* Hilfe, Hilfe!

Es kommen Treplew, mit einem verbundenen Kopf, und Medwjedenko.

Arkadina: Ihm ist übel.

Ssorin: Es ist nichts, es ist nichts. *Lächelt und trinkt Wasser.* Schon vorbei ... und so ...

Treplew *zur Mutter:* Hab keine Angst, Mama. Es ist nicht gefährlich. Dem Onkel passiert das oft. *Zum Onkel.* Du mußt dich hinlegen, Onkel.

Ssorin: Ein wenig, ja ... Aber in die Stadt fahr' ich doch. Ich werde ein Weilchen ruhen, und dann fahr' ich ... Selbstverständlich. *Geht, auf einen Stock gestützt, fort.*

Medwjedenko *ihn am Arm führend:* Es gibt ein Rätsel: frühmorgens auf vieren, mittags auf zweien und abends auf dreien ...

Ssorin *lacht:* Ganz recht. und nachts auf dem Rücken. Ich danke Ihnen, aber ich kann allein gehen ...

Medwjedenko: Nun, wozu die Umstände ... *Geht mit Ssorin ab.*

Arkadina: wie er mich erschreckt hat!

Treplew: Das Landleben bekommt ihm nicht. Es langweilt ihn. Wenn du so plötzlich splendid würdest, Mama, und ihm anderthalb bis zweitausend borgtest – dann könnt' er das ganze Jahr in der Stadt leben.
Arkadina: Ich habe kein Geld. ich bin Schauspielerin, kein Bankier.

Pause.

Treplew: Wechsle mir doch den Verband, Mama. Du verstehst das so gut.
Arkadina *holt aus dem Arzneischränkchen Jodoform und ein Kästchen mit Verbandszeug:* Der Arzt hat sich verspätet.
Treplew: Er hat versprochen, um zehn zu kommen, und jetzt ist's schon Mittag.
Arkadina: Setz dich. *Nimmt ihm den Verband ab.* Das sieht aus wie ein Turban. Gestern fragte hier ein Fremder in der Küche, was für ein Landsmann du wärst. Es ist beinahe schon geheilt. Nur eine Kleinigkeit sieht man noch. *Küßt ihn auf den Kopf.* Sag – wirst du in meiner Abwesenheit nicht noch mal ...?
Treplew: Nein, Mama. Es war ein Moment wahnsinniger Verzweiflung, ich konnte mich nicht beherrschen. Es wird sich

nicht wiederholen. *Küßt ihr die Hand.* Du hast goldene Hände. Ich erinnere mich, es ist schon lange her, als du noch beim kaiserlichen Theater warst – ich war noch klein damals –, da gab's bei uns auf dem Hof eine Schlägerei, und eine Wäscherin wurde dabei verprügelt, weißt du noch? Man trug sie bewußtlos vom Platz+... Du hast sie dann immer besucht, ihr Arznei gebracht, ihre Kinder in einem Waschtrog gewaschen. Kannst du dich gar nicht mehr erinnern?

Arkadina: Nein. *Sie legt einen neuen Verband an.*

Treplew: Zwei Ballerinen wohnten damals noch mit uns in demselben hause ... Sie kamen immer zu dir zum Kaffee ...

Arkadina: Das weiß ich noch.

Treplew: Sie waren so gottesfürchtig.

Pause.

In der letzten Zeit, jetzt, in diesen Tagen, liebe ich dich ebenso zärtlich und maßlos wie in der Kinderzeit. Außer dir habe ich ja niemand mehr. Nur sag mir – warum, warum läßt du dich von diesem Menschen so beeinflussen?

Arkadina: Du verstehst ihn nicht, Konstantin. Er ist der edelste Mensch ...

Treplew: Und wie er hörte, daß ich ihn fordern will, hinderte ihn all sein Edelmut nicht, sich wie ein Feigling zu benehmen. Er reist ab! Erbärmliche Flucht!

Arkadina: Unsinn! Ich selbst bat ihn, von hier abzureisen.

Treplew: Der edelste Mensch! Wir zanken uns hier beinahe seinetwegen, und er sitzt irgendwo im Salon oder im Garten und lacht uns aus ... Er erzieht Nina, bemüht sich, ihr unwiderleglich zu beweisen, daß er ein Genie ist.

Arkadina: Es macht dir Vergnügen, mir Unangenehmes zu sagen. Ich verehre diesen Menschen und bitte dich, in meiner Gegenwart nicht schlecht von ihm zu reden.

Treplew: Ich verehre ihn eben nicht. Du möchtest, daß ich ihn gleichfalls für ein Genie halte, aber verzeih, ich kann nicht lügen, seine Sachen sind mir widerwärtig ...

Arkadina: Das ist nur Neid. Leuten, die zwar anspruchsvoll, dabei aber talentlos sind, bleibt nur eins übrig: die echten Talente zu tadeln. Auch ein Trost!

Treplew *ironisch:* Echte Talente! *Zornig.* Ich habe mehr Talent als ihr alle, wenn's schon gesagt werden soll. *Reißt den Verband vom Kopf herunter.* Ihr Routiniers habt euch den Vorrang in der Kunst erschlichen und haltet das nur für normal und echt, was ihr selbst macht, alles andere erdrückt und erstickt ihr! Ich erkenne euch nicht an! Weder dich noch ihn!

Arkadina: Dekadent! ...

Treplew: Geh doch hin in dein liebes Theater, und spiel da in diesen kläglichen, talentlosen Stücken!

Arkadina: Nie hab' ich in solchen Stücken gespielt. Laß mich! Du wärst nicht einmal imstande, eine klägliche Posse zu schreiben – du Kleinbürger! Parasit!

Treplew: Geizkragen!

Arkadina: Lumpenkerl!

Treplew setzt sich und weint leise.

Jammermensch! *Macht in der Aufregung ein paar Schritte.* Weine nicht. Du sollst nicht weinen ... Du sollst nicht ... *Küßt ihn auf Stirn, Wangen und Kopf.* Mein liebes Kind, verzeih ... Verzeih deiner sündigen Mutter, verzeih einer Unglücklichen.

Treplew *umarmt sie:* Wenn du wüßtest! Ich habe alles verloren. Sie liebt mich nicht mehr, ich kann nicht mehr schreiben ... ich habe alle Hoffnung aufgegeben.

Arkadina: Nur nicht verzweifeln … Es wird alles noch gut werden. Er reist ja nun ab. sie wird dich wieder liebgewinnen. *Wischt ihm die Tränen ab.* Genug! Wir sind ja wieder gut.

Treplew *küßt ihr die Hand:* Ja, Mutter.

Arkadina *zärtlich:* Geh, versöhn dich mit ihm. Wozu ein Duell … nicht wahr?

Treplew: Gut. Aber, Mutter, gestatte: ich mag ihm nie mehr begegnen … es fällt mir so schwer … es geht über meine Kraft …

Trigorin kommt.

Ah … ich gehe hinaus. *Räumt rasch die Arzneien in den Schrank.* Den Verband wird mir der Arzt machen …

Trigorin *blättert in dem Buche:* Seite 121 … Zeile 11 und 12 … Da … *Liest.* "Wenn du einmal mein Leben brauchen solltest, so komm und nimm es."

Treplew hebt den Verband vom Boden auf und geht ab.

Arkadina *sieht auf die Uhr:* Bald fährt der Wagen vor.

Trigorin *für sich:* Wenn du einmal mein Leben brauchen solltest, so komm und nimm es.

Arkadina: Ich hoffe, du hast alles eingepackt!?

Trigorin *ungeduldig:* Ja, ja … Warum fühle ich Trauer bei dem

Ruf dieser reinen Seele, und warum krampft sich mein Herz schmerzlich zusammen? – – Wenn du einmal mein Leben brauchen solltest, so komm und nimm es. *Zu Arkadina:* Bleiben wir doch noch einen Tag!

Arkadina schüttelt verneinend den Kopf.

Trigorin: Bleiben wir!

Arkadina: Mein Lieber! Ich weiß, was dich hier zurückhält. Aber beherrsche dich! Du hast einen kleinen Rausch, werde nüchtern.

Trigorin: Auch du ... sei nüchtern, sei klug und verständig. Ich flehe dich an, sieh das alles mit den Augen aufrichtiger Freundschaft. *Drückt ihr die Hand.* Du bist fähig, Opfer zu bringen ... Sei mein Freund, gib mich frei ...

Arkadina *heftig erregt:* Sie hat's dir angetan ...

Trigorin: Es lockt mich zu ihr! Vielleicht ist's gerade das, was ich brauche.

Arkadina: Die Liebe eines Provinzmädchens? Oh, wie wenig kennst du dich selbst!

Trigorin: Bisweilen schlafen die Menschen im Gehen. So ist's mit mir – ich spreche jetzt mit dir, aber mir ist dabei, als ob ich schliefe und sie im Traume sähe. Süße, wunderbare träume halten mich umfangen ... Gib mich frei ...

Arkadina *bebend:* Nein, nein ... Ich bin eine ganz gewöhnliche Frau, mit mir darf man nicht so sprechen ... Quäl mich nicht, Boris ... ich habe Angst ...

Trigorin: Wenn du willst, kannst du ungewöhnlich sein. Eine junge, schöne, poesievolle Liebe, die uns in eine Traumwelt entrückt – nur sie allein kann auf Erden Glück geben! Eine solche Liebe habe ich nie erlebt ... In meiner Jugend hatte ich keine Zeit dazu, ich mußte die Redaktionen ablaufen, mit der Not kämpfen. Nun endlich ist sie da, diese Liebe, und lockt! ... Welchen Sinn hat es, vor ihr zu fliehen? –

Arkadina *zornig:* Du hast den Verstand verloren.

Trigorin: Vielleicht.

Arkadina: Ihr habt euch heut alle verabredet, mich zu quälen. *Weint.*

Trigorin *faßt sich an den Kopf:* Sie versteht nicht! sie will nicht verstehen!

Arkadina: Bin ich denn schon so alt und häßlich, daß man vor mir rückhaltlos von anderen Frauen reden darf? *Umarmt und küßt ihn.* Oh, du bist ja wahnsinnig! Mein Herrlicher, Wunderbarer ...

Du letztes Blatt meines Lebens! *Kniet vor ihm nieder.* Meine Freude, mein Stolz, meine Seligkeit! ... *Umfaßt seine Knie.* Wenn du mich verläßt, auch nur für eine Stunde, so überleb' ich's nicht, ich verliere den Verstand, du mein Wundervoller, mein Prächtiger, mein Gebieter! ...

Trigorin: Es kann jemand kommen! *Hilft ihr, sich erheben.*

Arkadina: Meinetwegen, ich schäme mich meiner Liebe zu dir nicht. *Küßt seine Hände.* Mein Geliebter, mein Tollkopf! Du willst rasen, aber ich will's nicht, ich lass' dich nicht ... *Lacht.* Du bist mein ... du bist mein ... und diese Stirn ist mein, diese Augen sind mein, und dieses herrliche, seidenweiche Haar ist mein ... du gehörst mir ganz. Du bist so begabt, so klug, du bist der Größte unter allen lebenden Dichtern, bist die einzige Hoffnung Rußlands ... Du hast so viel Wahrheit, Einfachheit, Frische und gesunden Humor ... du kannst mit einem Strich das Wesentliche geben, das Charakteristische eines Menschen oder einer Landschaft, deine Gestalten sind lebendig. Oh, man kann dich nicht ohne Begeisterung lesen! Du meinst, ich schmeichle? Ich spende Weihrauch? Nun, sieh mir in die Augen ... sieh hinein ... bin ich einer Lügnerin ähnlich! Siehst du, ich allein vermag ich zu schätzen; ich allein sage dir die ganze Wahrheit, mein Lieber, mein

Wunderbarer ... Willst du nun reisen? Ja? Willst du mich nicht mehr verlassen?

Trigorin: Ich habe meinen eigenen Willen ... Ich habe nie einen eigenen Willen gehabt ... Schlapp, mürbe, immer nachgiebig+– kann denn das einer Frau gefallen? Führ mich fort, laß mich aber keinen Schritt von dir ...

Arkadina *für sich:* Jetzt ist er mein. *Unbefangen, als wenn nichts vorgefallen wäre.* Übrigens kannst du ja bleiben, wenn du willst. Ich fahre allein, und du kommst später nach, in einer Woche. In der Tat, wozu sollst du dich beeilen?

Trigorin: Nein, wir wollen schon zusammen reisen.

Arkadina: Wie du willst ... mir ist alles recht.

Pause. Trigorin notiert etwas in sein Büchlein.

Arkadina: Was machst du?

Trigorin: Am Morgen hörte ich einen schönen Ausdruck: „Jungfrauenwald“ ... Kann ich brauchen ... *Sich reckend.* Wir fahren also? Wieder diese Waggons, diese Situationen, Bahnhofsbüfetts, Koteletts, Gespräche ...

Schamrajew *tritt ein:* Muß leider melden, daß der Wagen vorgefahren ist. Es ist Zeit, Verehrteste, zur Bahn zu fahren. Der

Zug kommt um zwei Uhr fünf Minuten. Also, bitte, Irina Nikolajewna, vergessen Sie gefälligst nicht, sich zu erkundigen, wo der Schauspieler Susdaljzew jetzt steckt. Ob er noch lebt? Ob er gesund ist? Wir haben früher oft zusammen gekneipt ...In der „Beraubten Post“ spielte er ganz unnachahmlich ... ich erinnere mich, er hatte einen Kollegen, den Tragiker Ismailow, auch eine hervorragende Persönlichkeit ... Sie brauchen sich nicht zu beeilen, Verehrteste, Sie haben noch fünf Minuten ... Einmal spielten sie in einem Melodram die Verschwörer; als man sie plötzlich abfing, sollten sie sagen: „Wir sind in eine Falle geraten“, statt dessen aber sagte Ismailow: „Wir sind in eine Kanne geraten ...“ *Lacht laut.* In eine Kanne ...

Während er spricht, macht sich Jakow am Koffer zu schaffen; das Stubenmädchen bringt Arkadina Hut, Umhang, Schirm und Handschuhe. Alle sind Arkadina behilflich. – In der linken Tür erscheint der Koch, der nach einem Weilchen unschlüssig hereinkommt. Polina Andrejewna tritt ein, nach ihr Ssorin und Medwjedenko.

Polina Andrejewna *mit einem Körbchen:* Da sind Zwetschgen auf den Weg ... sehr süß. Vielleicht kosten Sie unterwegs davon.

Arkadina: Sie sind sehr gütig, Polina Andrejewna.

Polina Andrejewna: Leben Sie wohl, meine Teure! Wenn Ihnen etwas nicht recht war, so verzeihen Sie ... *Weint.*

Arkadina: Alles war gut. Alles war gut. Nur weinen Sie nicht. *Umarmt sie.*

Polina Andrejewna: Unsere Zeit geht dahin!

Arkadina: Was soll man machen!

Ssorin *im Kragenmantel mit Hut und Stock, kommt durch die linke Tür:* Schwester, es ist höchste Zeit, daß wir den Zug nicht noch verpassen. Ich will einsteigen. *Geht ab.*

Medwjedenko: Und ich geh' zu Fuß zur Station ... will Ihnen das Geleit geben ... Ich bin bald da ... *Ab.*

Arkadina: Auf Wiedersehen, meine Lieben ... Wenn wir alle frisch und gesund bleiben, sehen wir uns alle nächsten Sommer wieder.

Das Stubenmädchen, Jakow und der Koch küssen ihr die Hand.

Da habt ihr – einen Rubel für euch drei.

Der Koch: Untertänigsten Dank, gnädige Frau. Glückliche Reise! Wir sind vollauf zufrieden.

Jakow Gott gebe euch gute Zeit!

Schamrajew: Beglücken sie uns mal mit einem Briefchen! Leben sie wohl, Boris Alexejewitsch!

Arkadina: Wo bleibt Konstantin? Sagen Sie ihm, daß ich abreise. Wir müssen uns doch verabschieden. Nun, behaltet mich in gutem Andenken! *Zu Jakow.* Ich habe dem Koch einen Rubel gegeben. Da ist für euch drei.

Alle gehen nach rechts ab. Die Bühne bleibt leer. Hinter der Bühne lautes Treiben, wie es zu herrschen pflegt, wenn jemand Abschied nimmt. Das Stubenmädchen kehrt zurück, um vom Tisch das Körbchen mit den Zwetschgen zu holen, und geht wieder ab.

Trigorin *kommt zurück:* Ich habe meinen Stock vergessen. Er wird auf der Terrasse sein.

Geht dorthin und begegnet in der Tür links Nina.

– Sie sind es? Wir reisen eben ab …

Nina: Ich fühlte es, daß wir uns noch einmal sehen würden. *Erregt.* Boris Alexejewitsch, ich habe mich unwiderruflich entschlossen, der Würfel ist gefallen – ich gehe zur Bühne. – Morgen bin ich nicht mehr hier, ich verlasse meinen Vater, werfe alles hinter mich und beginne ein neues Leben … Ich reise nach Moskau, wie Sie … Wir werden uns dort wiedersehen.

Trigorin *sich umsehend:* Steigen sie im „Slawischen Bazar“ ab. Benachrichtigen Sie mich sofort … Moltschanowka, Haus Grochaolsky … Ich muß fort …

Pause.

Nina: Noch einen Augenblick …

Trigorin: Sie sind so herrlich … Oh, welches Glück – zu denken, daß wir uns bald wiedersehen! *Sie sinkt an seine Brust.* Ich werde Sie wiedersehen … diese wundervollen Augen, dieses unsagbar schöne, liebliche Lächeln … diese sanften Züge, diesen Ausdruck engelsgleicher Reinheit … Meine Teure … *Langer Kuß.*

Vorhang.

Vierter Aufzug

Zwischen dem dritten und vierten Akt liegt ein Zwischenraum von zwei Jahren.

Salon im Hause Ssorins, den Konstantin Treplew in sein Arbeitszimmer umgewandelt hat. Rechts und links

Türen, die in die inneren Räume führen. Geradeaus eine Glastür auf die Terrasse. Außer den üblichen Salonmöbeln ein Schreibtisch in der rechten Ecke, an der linken Tür ein türkischer Diwan, ein Bücherschrank, Bücher auf den Fensterbrettern und Stühlen. Es ist Abend. Eine einzige Lampe mit einem Schirm. Halbdunkel. Man hört, wie die Bäume rauschen und der Wind in den Schornsteinen heult. Der Wächter klopft.

Medwjedenko und Mascha treten auf..

Mascha *ruft:* Konstantin Gawrilowitsch! Konstantin Gawrilowitsch! *Sieht sich um.* Niemand da. Der Alte fragt jeden Augenblick: Wo bleibt Konstantin, wo bleibt Konstantin? ... Er kann nicht ohne ihn leben ...

Medwjedenko: Er fürchtet sich, allein zu bleiben. *Hinaushorchend.* Was für ein abscheuliches Wetter! Das hält schon zwei Tage so an.

Mascha *schraubt die Lampe hoch:* Auf dem See ist es so stürmisch. Die Wellen gehen so hoch.

Medwjedenko: Im Garten ist's finster. Man sollte doch anordnen, daß dieses Theater im Garten abgebrochen wird. Es steht so kahl da, so häßlich, wie ein Skelett, und der Vorhang flattert im Winde... Als ich gestern abend vorüberging, war mir's, als ob jemand darin weinte.

Mascha: Ach, was ...

Pause.

Medwjedenko: Komm, Mascha, fahren wir nach Hause.

Mascha *schüttelt verneinend den Kopf:* Ich bleibe heute nacht hier.

Medwjedenko *flehend:* Mascha, laß uns fahren! Unser Kindchen ist ganz gewiß hungrig.

Mascha: Unsinn, Matrjena wird ihm schon zu essen geben.

Pause.

Medwjedenko: Mir tut es so leid. Schon die dritte Nacht ist's ohne Mutter.

Mascha: Du bist recht langweilig geworden. Früher hast du wenigstens mal philosophiert, und jetzt hört man von dir nichts weiter als: das Kind, nach Hause, das Kind ...

Medwjedenko: Fahren wir nach Hause, Mascha.

Mascha: Fahr allein.

Medwjedenko: Dein Vater gibt mir keinen Wagen.

Mascha: Bitt' ihn; vielleicht tut er's.

Medwjedenko: Gut. Ich will ihn bitten. Du kommst also morgen?

Mascha *schnupft:* Ja doch, morgen. Laß mich schon.

Treplew und Polina Andrejewna treten auf. Treplew trägt Betten und Decken, und Polina Andrejewna Bettwäsche; sie legen alles auf den türkischen Diwan, dann geht Treplew an den Tisch und setzt sich.

Mascha: Wozu ist das, Mama?

Polina Andrejewna: Pjotr Nikolajewitsch hat gebeten, man möchte hier, in Kostjas Zimmer, das Bett machen.

Mascha: Laß mich das machen. *Macht das Bett zurecht.*

Polina Andrejewna *seufzend:* Alte Leute sind wie die Kinder ... *Nähert sich dem Schreibtisch und blickt, auf den Ellenbogen gestützt, in ein Manuskript. Pause.*

Medwjedenko: So, ich gehe also. Leb wohl, Mascha. *Küßt seiner Frau die Hand.* Leben Sie wohl, Mama. *Will ihr die Hand küssen.*

Polina Andrejewna *ärgerlich:* Nun, geh schon, mit Gott.

Medwjedenko: Leben Sie wohl, Konstantin Gawrilowitsch.

Treplew reicht ihm schweigend die Hand. Medwedenko geht ab.

Polina Andrejewna *in das Manuskript sehend:* Niemand hätte gedacht, daß aus Ihnen, Kostja, ein richtiger Schriftsteller wird. Und jetzt, Gott sei's gedankt, schickt man Ihnen sogar Geld von den Journalen. *Streichelt ihm das Haar.* Und so schön sind Sie geworden. Lieber, guter Kostja, seien Sie doch ein bißchen herzlicher mit meiner Maschenka!

Mascha *während sie das Bett macht:* Lassen Sie ihn doch, Mama.

Polina Andrejewna: Sie ist so nett. *Pause.* Eine Frau, Kostja, braucht nicht viel, nur freundlich anzusehen braucht man sie. Ich kenne das von mir selbst.

Treplew steht auf und geht schweigend ab.

Mascha: So, nun haben Sie ihn noch erzürnt. Was brauchten Sie so aufdringlich zu sein?

Polina Andrejewna: Ich bedaure dich herzlich, Maschenka.

Mascha: Sehr nötig.

Polina Andrejewna: Mein Herz ist voller Gram um dich. Ich seh' doch alles, versteh' alles.

Mascha: Alles Unsinn! Hoffnungslose Liebe kommt nur in Romanen vor. Albernheiten. Man darf sich nur nicht gehenlassen., nicht auf etwas warten, nicht vom Meer gut Wetter verlangen. Hat sich Liebe im Herzen eingenistet, so muß sie eben heraus. Man will jetzt meinen Mann in einen anderen Kreis versetzen. Wenn wir dahin ziehen – werde ich alles vergessen, alles mit der Wurzel aus dem Herzen reißen.

Zwei Zimmer weiter wird ein melancholischer Walzer gespielt.

Polina Andrejewna: Kostja spielt. Er ist also traurig.
Mascha *macht geräuschlos ein paar Walzerschritte:* Die Hauptsache, Mama, ist, ihn nicht vor Augen zu haben. Wenn erst mein Ssemjon versetzt ist – glauben sie mir, dann vergeß' ich alles in einem Monat. Alles Unsinn.

Die Tür links geht auf. Dorn und Medwjedenko rollen Ssorin in einen Sessel herein.

Medwjedenko: Ich habe jetzt sechs Personen im Haus. Und das Mehl kostet siebzig Kopeken das Pud.
Dorn: Da heißt es sich drehen und winden.
Medwjedenko: Sie haben gut lachen. Sie haben Geld wie Heu.
Dorn: Geld! In all den dreißig Jahren schwerer Praxis, während deren ich nie, weder bei Tag noch bei Nacht, mir je selbst gehörte, habe ich mir kaum zweitausend Rubel erspart, und auch die sind vor kurzem im Ausland draufgegangen. Ich besitze nichts.

Mascha *zu ihrem Gatten:* Du bist noch hier?

Medwjedenko *schuldbewußt:* Was denn? Wenn ich keinen Wagen bekomme.

Mascha *mit Bitterkeit, halblaut:* Nicht sehen möcht' ich dich am liebsten.

Der Rollstuhl bleibt in der linken Hälfte des Zimmers stehen. ***Polina Andrejewna:*** *Mascha und Dorn setzen sich daneben, Medwjedenko geht traurig auf die Seite.*

Dorn: Wie sich hier alles verändert hat! Aus dem Salon ist ein Arbeitszimmer geworden.

Mascha: Konstantin Gawrilowitsch hat's hier bequemer zum Arbeiten. Er kann in den Garten gehen, wenn er will, um dort nachdenken.

Ssorin: Wo bleibt denn meine Schwester?

Dorn: Sie ist zur Bahn gefahren, um Trigorin abzuholen. Sie kommt bald wieder.

Ssorin: Wenn Sie es für nötig hielten, meine Schwester kommen zu lassen, so heißt es doch: ich bin gefährlich krank. *Nach einer Pause.* Eine merkwürdige Geschichte: Ich bin gefährlich krank und bekomme doch gar keine Arznei.

Dorn: Was möchten Sie denn? Baldriantropfen? Natron? Chinin?

Ssorin: Nun, da geht schon die Philosophie los, welche Strafe! *Zeigt auf den Diwan.* Ist das für mich gebettet?

Polina Andrejewna: Für Sie, Pjotr Nikolajewitsch.

Ssorin: Ich danke Ihnen.

Dorn *singt:* "Es gleitet der Mond am nächtlichen Himmel ..."

Ssorin: Ich will Kostja einen Stoff für eine Erzählung geben. Sie soll heißen „Der Mensch, der da wollte" – „L'homme qui a voulu". Als ich jung war, wollte ich Schriftsteller werden – und wurde es nicht, wollte gut sprechen lernen – und sprach abscheulich – *sich selbst nachahmend* "und so und so ... und dies und jenes", quälte mich zuweilen mit einem Resümee so ab, daß mir der Schweiß aus den Poren trat, wollte mich verheiraten – und bin ledig geblieben, wollte in der Stadt leben – und beschließe mein Leben im Dorfe und so ...

Dorn: Wollte Wirklicher Staatsrat werden – und bin es geworden.

Ssorin *lacht:* Nein, danach habe ich nie gestrebt. Das kam so von selbst.

Dorn: Mit zweiundsechzig Jahren seine Unzufriedenheit mit dem Leben zu äußern – das ist, sagen Sie selbst, nicht gerade großmütig.

Ssorin: Was für ein Starrsinn! Begreifen Sie doch, ich will noch leben!

Dorn: Das ist Leichtsinn! Nach den Naturgesetzen muß jedes Leben ein Ende nehmen.

Ssorin: Sie sprechen wie ein satter Mensch. Sie sind satt und darum gleichgültig gegen das Leben. Ihnen ist alles gleich. Aber das Sterben wird Ihnen furchtbar sein.

Dorn: Die Angst vor dem Tode ist eine tierische Angst ... Man muß sie überwinden. Bewußt fürchten den Tod nur jene, die an ein Jenseits glauben und Strafe für ihre Sünden fürchten. Aber Sie glauben erstens nicht – und zweitens, was für Sünden haben Sie? Sie haben fünfundzwanzig Jahre im Justizdienst gestanden – das ist alles.

Ssorin *lacht:* Achtundzwanzig ...

Treplew kommt und setzt sich auf ein Bänkchen zu Ssorins Füßen. Mascha wendet keinen Blick von ihm ab.

Dorn: Wir stören Konstantin Gawrilowitsch bei seiner Arbeit.

Treplew: Durchaus nicht.

Pause.

Medwjedenko: Gestatten Sie, Doktor, eine Frage: welche Stadt im Ausland hat Ihnen am besten gefallen?

Dorn: Genua.

Treplew: Warum Genua?

Dorn: Dort ist das Menschengewühl auf der Straße so prächtig. Tritt man abends aus dem Hotel, dann ist die ganze Straße von Menschen überfüllt. Man läßt sich von der Menge ganz ziellos hin- und hertreiben, immer im Zickzack, man lebt mit ihr, wird physisch eins mit ihr und beginnt zu glauben, daß es in der Tat eine Weltseele gibt, so in der Art, wie sie damals Nina Saretschnaja in Ihrem Stücke spielte. A propos! Wo ist jetzt die Saretschnaja? Wo ist sie? Und wie geht es ihr?

Treplew: Hoffentlich gut.

Dorn: Man sagte mir, sie habe ein merkwürdiges Leben geführt. Was ist daran?

Treplew: Das ist eine lange Geschichte, Doktor.

Dorn: Dann fassen Sie sie kurz.

Pause.

Treplew: Sie ist von zu Hause fortgelaufen und lebte mit Trigorin zusammen. Das wissen Sie.

Dorn: Ja.

Treplew: Sie bekam ein Kind. Das Kind starb. Trigorin ließ sie sitzen und kehrte zu seinen früheren Neigungen zurück, was auch zu erwarten war. Übrigens hatte er die andere nie ganz aufgegeben, sondern sich in seiner Charakterlosigkeit hier [und] dort zugleich einzurichten gewußt. Soweit ich's nach dem, was ich weiß, beurteilen kann, ist Ninas persönliches Leben ganz und gar verfehlt.

Dorn: Und die Bühne?

Hier ging's ihr anscheinend noch schlimmer. Sie trat zuerst auf einem Sommertheater in einer Moskauer Vorstadt auf. Dann ging sie in die Provinz. Ich ließ sie nicht aus den Augen, und eine Zeitlang reiste ich ihr überallhin nach. Sie trat stets in großen Rollen auf, spielte jedoch plump und geschmacklos, mit hohlem Pathos und eckigen Gesten. Es gab wohl Momente, in denen ihr ein Aufschrei, eine Sterbeszene gut gelang, aber das waren eben nur Momente.

Dorn: Also scheint doch Begabung vorhanden?

Treplew: Man wurde nicht recht klug daraus. Es muß wohl Talent da sein. Ich sah sie, aber sie wollte mich nicht sehen, und ihre Bedienung ließ mich bei ihr nicht vor. Ich konnte ihre Stimmung begreifen und bestand nicht auf der Begegnung.

Pause.

Was soll ich noch sagen? Später, als ich wieder heimgekehrt war, bekam ich öfters Briefe von ihr. Verständige, herzliche, interessante Briefe. Sie klagte nicht, aber ich fühlte, wie tief unglücklich sie war; jede Zeile ein kranker, gespannter Nerv. Und die Phantasie ein wenig verworren. Sie unterschrieb als „Die Möwe". In der „Nixe" nennt sich der Müller einen Raben und so wiederholt sie in den Briefen immer wieder, daß sie eine Möwe ist. Jetzt ist sie hier.

Dorn: Was heißt das – hier?

Treplew: In der Stadt, in einem Gasthaus. Schon seit fünf Tagen bewohnt sie da ein kleines Zimmer. Ich bin zu ihr hingefahren, und auch Marja Iljinischna war dort, aber sie empfängt niemand. Ssemjon Ssemjonowitsch versichert, sie gestern auf dem Felde, zwei Werst von hier, gesehen zu haben.

Medwjedenko: Ja, ich habe sie gesehen. Sie ging in jener Richtung, nach der Stadt zu. Ich begrüßte sie und fragte, weshalb sie nicht zu uns komme. Sie sagte, sie werde kommen.

Treplew: Sie wird nicht kommen. *Pause.* Ihr Vater und die Stiefmutter wollen nichts von ihr wissen. Überall haben sie Wächter hingestellt, damit sie nicht einmal in die Nähe des Gutshofes kommen kann. *Geht mit dem Doktor vom Schreibtisch weg.* Wie leicht ist's doch, Doktor, auf dem Papier Philosoph zu sein, und wie schwer ist's im Leben!

Ssorin: Ein entzückendes Mädchen war sie.

Dorn: Wie meinen Sie?

Ssorin: Ein entzückendes Mädchen war sie, sagte ich! Der Wirkliche Staatsrat war sogar eine Zeitlang in sie verliebt.

Dorn: Alter Verführer!

Man hört Schamrajew lachen.

Polina Andrejewna: Unsere Herrschaften scheinen von der Bahn zurück zu sein.

Treplew: Ja, ich höre Mamas Stimme.

Arkadina und Trigorin treten ein, ihnen folgt Schamrajew.

Schamrajew *im Hereinkommen:* Wir werden alle alt, wir verwittern unter dem Einfluß der Elemente, aber Sie, Verehrteste, sind noch immer jung ... Ein helles Jäckchen ... und die Lebhaftigkeit, die Grazie ...

Arkadina: Sie wollen mir's mit Ihrem bösen Blick antun, Sie langweiliger Mensch!

Trigorin *zu Ssorin:* Guten Tag, Pjotr Nikolajewitsch. Was ist mit Ihnen, daß Sie immer kränkeln? Nicht recht von Ihnen. *Mascha bemerkend, freudig:* Marja Iljinischna!

Mascha: Erkennen Sie mich noch? *Drückt ihm die Hand.*

Trigorin: Sind Sie verheiratet?

Mascha: Schon lange.

Trigorin: Glücklich?

Begrüßt Dorn und Medwjedenko, dann unschlüssig zu Treplew.

Irina Nikolajewna sagte, daß Sie das Alte vergessen haben und mir nicht mehr zürnen.

Treplew reicht ihm die Hand.

Arkadina: *zum Sohn:* Boris Alexejewitsch hat da eine Zeitschrift mit deiner neuen Erzählung mitgebracht.

Treplew: *nimmt das Buch, zu Trigorin:* Ich danke Ihnen. Sehr liebenswürdig. *Setzt sich.*

Trigorin: Ihre Verehrer lassen Sie grüßen ... In Petersburg und Moskau interessiert man sich allgemein für Sie, man fragt mich viel nach Ihnen. Man fragt, was für ein Mensch Sie sind, wie alt, ob brünett oder blond. Sie vermuten alle, weiß Gott warum, daß Sie nicht mehr jung sind. Aber niemand kennt Ihren wirklichen Namen, da Sie ja unter einem Pseudonym schreiben. Sie sind geheimnisvoll wie die eiserne Maske.

Treplew: Sind Sie für lange Zeit zu uns gekommen?

Trigorin: Nein, morgen gleich will ich nach Moskau. Ich muß hin. Ich habe eine Erzählung zu beenden, die ich für einen Almanach versprochen habe. Mit einem Wort, die alte Geschichte.

Während sie sprechen, stellen Arkadina und Polina Andrejewna einen Kartentisch in die Mitte des Zimmers und ziehen ihn aus: Schamrajew zündet die Kerzen an, stellt die Stühle herum. Aus dem Schrank wird ein Lottospiel geholt.

Trigorin: Das Wetter hat mich unfreundlich begrüßt. Ein so rauher Wind. Falls er sich legt, will ich morgen früh angeln gehen. Auch möcht' ich mal den Garten sehen und den Platz, wissen Sie, wo Ihr Stück gespielt wurde. Ein neuer Stoff für eine Erzählung ist in mir reif geworden; ich mußte nur den Ort, wo sie spielt, in meiner Erinnerung auffrischen.

Mascha: Papa, laß doch meinem Mann einen Einspänner geben! Er muß nach Hause.

Schamrajew *höhnisch:* Einen Einspänner ... nach Hause ... Hat doch selbst gesehen; eben sind wir von der Bahn gekommen. Ich kann die Tiere nicht nochmals hetzen.

Mascha: Es sind doch noch andere Pferde da ... *Da der Vater schweigt, macht sie mit der Hand eine verächtliche Gebärde.* Mit euch soll man sich einlassen ...

Medwjedenko: Ich geh' zu Fuß, Mascha. Wirklich ...

Polina Andrejewna: Zu Fuß bei dem Wetter! ... *Setzt sich an den Kartentisch.* Bitte sehr, meine Herrschaften!

Medwjedenko: Es sind ja nur sechs Werst ... Leb wohl. *Küßt seiner Frau die Hand.* Leben sie wohl, Mama! *Die Schwiegermutter reicht ihm unwillig die Hand zum Kuß hin.* Ich würde niemand weiter belästigen, aber das Kindchen ... *Verneigt sich vor allen.* Leben Sie wohl!

Ab. Sein Gang hat etwas Schuldbewußtes..

Schamrajew: Wird schon hinkommen. Ist kein General.

Polina Andrejewna *klopft auf den Tisch:* Bitte sehr, meine Herrschaften, wir wollen keine Zeit verlieren, das Abendbrot ist bald bereit.

Schamrajew, Mascha und Dorn setzen sich an den Tisch.

Arkadina *zu Trigorin:* Wenn die langen Herbstabende beginnen, wird hier im Lotto gespielt. Geben Sie. Ein altes Lotto. Unsere selige Mutter spielte noch mit uns damit, als wir klein waren. Wollen Sie nicht vor dem Abendbrot noch eine Partie mit uns machen? *Setzt sich mit Trigorin an den Tisch.* Ein langweiliges Spiel, wenn man sich aber einmal daran gewöhnt, dann geht's. *Gibt jedem drei Karten.*

Treplew *durchblättert die Zeitschrift:* Seine Erzählung hat er gelesen, meine dagegen nicht einmal aufgeschnitten! *Legt die Zeitschrift auf den Schreibtisch, wendet sich dann zur linken Tür; an der Mutter vorübergehend, küßt er sie auf den Kopf.*

Arkadina: Und du, Kostja?

Treplew: Verzeih, ich habe keine Lust ... ich will ein bißchen spazierengehen. *Ab.*

Arkadina: Der Einsatz beträgt zehn Kopeken. Setzen Sie für mich, Doktor.

Dorn: Mit Vergnügen.

Mascha: Haben alle gesetzt? Ich fange an … Zweiundzwanzig …

Arkadina: Hier.

Mascha: Drei!

Dorn: Ja, hier.

Mascha: Haben Sie schon drei? Acht! Einundachtzig! Zehn!

Schamrajew: Nicht so eilig!

Arkadina: Wie man mich in Charkow gefeiert hat, meine Lieben! Bin heut noch ganz schwindlig davon.

Mascha: Vierundvierzig.

Hinter der Bühne ein melancholischer Walzer.

Arkadina: Die Studenten haben mir eine Ovation gebracht. Drei Blumenkörbe, zwei Kränze und das da … *Nimmt von der Brust eine Brosche und wirft sie auf den Tisch.*

Schamrajew: Ja, das ist 'ne Sache …

Mascha: Fünfzig.

Dorn: Genau fünfzig?

Arkadina: Ich hatte eine wundervolle Robe an. Na ja, ich versteh' mich auch zu kleiden.

Polina Andrejewna: Kostja spielt. Kostja ist traurig, der Arme.

Schamrajew: In den Zeitungen wird arg auf ihn geschimpft.

Mascha: Siebenundsiebzig!

Arkadina: Daraus darf er sich nichts machen.

Trigorin: Er hat kein Glück. Er kann immer noch seinen Ton nicht finden. Etwas Seltsames, Unausgesprochenes ist es, bisweilen sogar wie Fieberphantasien. Nicht eine einzige lebendige Figur.

Mascha: Elf!

Arkadina *sich nach Ssorin umsehend:* Du langweilst dich, Petruscha?

Pause.

Er schläft.

Dorn: Der Wirkliche Staatsrat schläft.

Mascha: Sieben! Neunzig!

Trigorin: Wenn ich auf einem solchen Gut leben könnte, so an einem See – würde ich dann überhaupt noch schreiben? Ich würde diese Leidenschaft in mir unterdrücken und nur noch angeln.

Mascha: Achtundzwanzig!

Trigorin: Einen Barsch oder Schlei fangen – welche Seligkeit ist das!

Dorn: Und ich glaube an Konstantin Gawrilowitsch. Es steckt was in ihm, er denkt in Bildern, seine Erzählungen sind farbig und leuchtend, und ich empfinde sie stark. Schade nur, daß er sich keine bestimmten Aufgaben stellt. Er bringt eine Impression hervor ... nichts weiter, aber mit der Impression allein kommt man nicht weit. Irina Nikolajewna, freuen Sie sich, daß Ihr Sohn Schriftsteller ist?

Arkadina: Stellen Sie sich vor, ich habe noch nichts von ihm gelesen. Hatte nie die Zeit dazu.

Mascha: Sechsundzwanzig!

Treplew kommt herein und geht an seinen Tisch.

Schamrajew *zu Trigorin:* Bei uns ist noch ein Gegenstand von Ihnen zurückgeblieben, Boris Alexejewitsch.

Trigorin: Was denn?

Schamrajew: Konstantin Gawrilowitsch hatte mal eine Möwe geschossen, und Sie beauftragten mich, sie ausstopfen zu lassen.

Trigorin: Ich kann mich nicht erinnern. *Nachdenklich.* Ich kann mich nicht erinnern.

Mascha: Sechsundsechzig! Eins!

Treplew *das Fenster aufreißend:* Wie finster das ist! Ich versteh' nicht, warum ich eine solche Unruhe empfinde.

Arkadina: Kostja, schließ bitte das Fenster, es zieht ja.

Treplew schließt das Fenster.

Mascha: Achtundachtzig!

Trigorin: Meine Herrschaften, ich hab' gewonnen.

Arkadina *fröhlich:* Bravo, Bravo!

Schamrajew: Bravo!

Arkadina: Dieser Mensch hat immer und überall Glück. Aber jetzt wollen wir einen Imbiß zu uns nehmen. Unsere Berühmtheit hat heute noch nicht zu Mittag gespeist. Nach dem Abendbrot wollen wir weiterspielen. *Zum Sohn.* Kostja, laß deine Manuskripte, wir wollen essen.

Treplew: Danke, Mama, ich bin satt.

Arkadina: Wie du willst. *Weckt Ssorin.* Petruscha, wir wollen zu Abend essen. *Nimmt Schamrajews Arm.* Ich will Ihnen erzählen, wie man mich in Charkow gefeiert hat ...

Polina Andrejewna löscht die Kerzen aus, dann schiebt sie zusammen mit Dorn den Sessel. Alle gehen durch die linke Tür ab; auf der Bühne bleibt Treplew allein am Schreibtisch sitzen.

Treplew *schickt sich an, zu schreiben; liest das bereits Geschriebene durch:* Ich habe so viel von neuen Formen gesprochen und fühle nun, daß ich nach und nach in die Routine hineingerate. „Das Plakat auf dem Zaune lautete ... Ein blasses Gesicht, von dunklen Haaren umrahmt ... lautete ... umrahmt ..." Das klingt fade. *Streicht durch.* Ich will damit anfangen, wie das Rauschen des Regens den Helden weckte, alles andere lasse ich weg. Die Beschreibung der Mondnacht ist zu lang und zu gesucht. – Trigorin hat sich eine bestimmte Manier angeeignet, er hat's leicht. Bei ihm braucht auf der Schleuse nur der Hals einer zerbrochenen Flasche zu glänzen und der Schatten des Mühlrades zu dunkeln, und eine ganze Mondnacht ist fertig. Ich aber brauche zitterndes Licht, das Glitzern der Sterne und ferne Klaviertöne, die in der stillen, duftenden Luft ersterben ... Das ist qualvoll.

Pause.

Ja, ich komme immer mehr zu der Überzeugung, daß das Wesentliche nicht in neuen oder alten Formen liegt, sondern darin, daß man schreibt, ohne an Formen zu denken, nur weil es aus der Seele kommt. *Jemand klopft an das Fenster beim Tisch.* Was ist das? *Sieht aus dem Fenster.* Nichts zu sehen ... *Öffnet die Glastür und sieht in den Garten.* Es ist jemand die Stufen hinuntergelaufen. *Ruft.* Wer ist da? *Geht hinaus. Man hört, wie er rasch über die Terrasse geht. Einen Augenblick später tritt er mit Nina Saretschnaja ein.* Nina! Nina!

Nina *legt den Kopf an seine Brust und schluchzt leise.*

Treplew: Nina, Nina, Sie sind es … Als wenn ich's geahnt hätte! Meine Seele war den ganzen Tag so von schmerzlicher Sehnsucht erfüllt … *Nimmt ihr Hut und Umhang ab.* Oh, meine Gute, meine Herrliche! Sie ist doch gekommen! Wir wollen nicht weinen, nein …

Nina: Es ist jemand da …

Treplew: Nein, niemand …

Nina: Verschließen sie die Tür, sonst kommt noch jemand.

Treplew: Niemand wird kommen.

Nina: Ich weiß, Irina Nikolajewna ist hier. Schließen Sie die Tür ab.

Treplew *schließt die Tür rechts ab und geht zur Linken.* Hier ist kein Schloß, ich will aber einen Sessel davorstellen. *Schiebt den Sessel hin.* Haben Sie keine angst, es kommt niemand.

Nina *sieht ihm lange ins Gesicht:* Lassen Sie sich ansehen. *Blickt um sich.* Hier ist es gemütlich ... Damals war hier der Salon. Hab' ich mich sehr verändert?

Treplew: Ja ... Sie sind magerer geworden, und Ihre Augen sind so groß. Nina, wie seltsam, daß ich Sie wiedersehe! Warum ließen Sie mich nicht vor? Warum sind Sie bis heut nicht gekommen? Ich weiß, Sie wohnen hier schon fast eine Woche.

Ich bin jeden Tag ein paarmal zu Ihnen gegangen, habe wie ein Bettler vor Ihrem Fenster gestanden.

Nina: Ich fürchtete, daß Sie mich hassen. Ich träume jede Nacht davon, daß Sie mich ansehen und nicht wiedererkennen. Wenn Sie wüßten ... Seit meiner Ankunft geh' ich immer hier umher – am See. Ich war schon mehrere male in der Nähe Ihres Hauses, hatte aber nicht den Mut, einzutreten. Wir wollen uns setzen. *Sie setzen sich.* Wir wollen uns setzen und viel, viel miteinander sprechen ... Es ist gut hier, so war, so behaglich ...Hören Sie den Wind? Bei Turgenjew steht irgendwo: „Wohl dem, der in solchen Nächten unter einem Dache sitzt, der einen warmen Winkel hat." Ich bin – die Möwe – – nein, das ist's nicht. *Reibt sich die Stirn.* Was wollte ich sagen? Ja ... Turgenjew! „Und Gott erbarme sich aller obdachlosen Wanderer." Das ist's nicht. *Schluchzt.*

Treplew: Nina, Sie weinen wieder … Nina!

Nina: Tut nichts, es wird mir leichter davon. Ich habe schon zwei Jahre nicht geweint. Gestern, spät am Abend, kam ich hier in den Garten, um zu sehen, ob unser Theater noch da ist. Und es steht immer noch da. Ich konnte zum erstenmal seit zwei Jahren weinen, und es wurde mir freier ums Herz und klarer in der Seele. Sehen sie, ich weine nicht mehr. *Faßt seine Hand.* Und Sie sind inzwischen ein Schriftsteller geworden. Sie Schriftsteller und ich Schauspielerin … Beide sind wir in den Strudel hineingeraten … Ich lebte so froh, so kindlich – wenn ich in der Frühe erwachte, sang ich vor Freude, ich liebte sie und träumte von Ruhm, und jetzt? Morgen früh fahre ich nach Jelez … dritter Klasse, mit den Bauern zusammen, und in Jelez werden die gebildeten Kaufleute mich mit ihren Liebenswürdigkeiten belästigen. Das Leben ist roh!

Treplew: Warum fahren sie nach Jelez?

Nina: Ich habe dort ein Engagement für den ganzen Winter angenommen. Es ist Zeit, daß ich hinfahre.

Treplew: Nina! Ich habe Sie verflucht, habe Sie gehaßt, Ihre Briefe und Bilder zerrissen, aber jeden Moment war ich mir bewußt, daß meine Seele Ihnen auf ewig zugetan ist. Ich kann von der Liebe zu Ihnen nicht lassen, Nina. Seit ich Sie verloren habe und meine Geschichten schreibe, ist mir das Leben unerträglich geworden – ich leide – meine Jugend ist gleichsam jäh abgebrochen, und es ist mir, als hätte ich schon neunzig Jahre gelebt. Ich rufe Sie, ich küsse die Erde, auf der Sie gewandelt sind; wohin ich mich wende, überall sehe ich Ihr Gesicht, Ihr herzliches Lächeln, das in den schönsten Jahren meines Lebens mir leuchtete …

Nina *fassungslos:* Warum spricht er so? Warum spricht er so?

Treplew: ich bin einsam, ich friere, wie in einem Grabgewölbe, und alles, was ich schreibe, ist trocken, rauh, düster. Bleiben Sie hier, Nina, ich flehe Sie an, oder erlauben Sie mir, mit Ihnen zu gehen!

Nina *setzt schnell den Hut auf und nimmt den Umhang:* Mein Wagen hält vor der Pforte. Begleiten Sie mich bitte nicht, ich werde allein hinfinden … *Unter Tränen.* Geben sie mir Wasser …

Treplew *reicht ihr zu trinken:* Wohin wollen Sie jetzt?

Nina: In die Stadt. *Pause.* Ist Irina Nikolajewna hier?

Treplew: Ja … Am Donnerstag ging es dem Onkel nicht gut, und wir haben ihr telegraphiert, daß sie herkommen soll.

Nina: Warum sagen Sie, daß Sie die Erde geküßt haben, auf der ich gewandelt bin? Man sollte mich töten. *Neigt sich über den Tisch.* ich bin so müde! Ausruhen möchte ich. Ausruhen! *Erhebt den Kopf.* Ich bin eine Möwe … Nein … Nicht das. Ich bin eine Schauspielerin. Nun ja. *Hört Arkadina und Trigorin lachen, horcht, stürzt zur linken Tür und blickt durch das Schlüsselloch.* Und auch er ist hier … *Kehrt zu Treplew zurück.* Nun ja … Tut nichts … Ja. Er glaubte nicht an das Theater, machte sich immer über meine Träume lustig, und nach und nach hörte auch ich auf zu glauben und verlor den Mut … Und dann der Liebeskummer, die ewige Eifersucht, die ewige Angst um das Kleine … Ich wurde so klein, so jämmerlich … spielte ganz sinnlos … Ich wußte nicht, wohin mit den Händen, konnte auf der Bühne nicht stehen, meine Stimme nicht beherrschen. Sie kennen diesen Zustand nicht, dieses Gefühl, daß man ganz abscheulich spielt. Ich bin eine Möwe. Nein, nicht das … Erinnern Sie
sich noch? Sie haben damals eine Möwe geschossen. „Zufällig kam da ein Mensch, sah sie, und weil er nichts Besseres zu tun hatte, vernichtete er ihr Leben." Ein Stoff für eine kleine Erzählung … Nein, nicht das … *Reibt sich die Stirn.* Wovon sprach ich? Ja, von der Bühne. Jetzt bin ich nicht mehr so. Jetzt bin ich schon eine

richtige Schauspielerin, ich spiele mit Lust, mit Begeisterung, bin auf der Bühne wie berauscht und fühle mich schön. Und jetzt, solange ich hier bin, gehe ich den ganzen Tag herum, geh' herum und fühle, wie meine seelischen Kräfte wachsen. Ich weiß es jetzt, Kostja, ich verstehe es, daß bei unserer Arbeit, gleichviel, ob wir Theater spielen oder schriftstellern, nicht der Ruhm, nicht der Glanz, nicht das, wovon ich träumte, die Hauptsache ist, sondern die Fähigkeit zu dulden. Lerne dein Kreuz tragen, und glaube! Ich glaube, und das lindert meinen Schmerz, und wenn ich an meinen Beruf denke, so habe ich keine Angst mehr vor dem Leben.

Treplew *traurig:* Sie haben Ihren Weg gefunden, Sie wissen, wohin Sie gehen, ich aber quäle mich noch immer mit einem Chaos von Gebilden ab, ohne zu wissen, wozu und für wen das nötig ist. Ich glaube nicht, und ich weiß nicht, was mein Beruf ist.

Nina: Ss-sst! Ich gehe. Leben Sie wohl. Wenn ich eine große Schauspielerin geworden bin, kommen Sie doch, um mich zu sehen. Versprechen Sie's. Aber jetzt ... *drückt ihm die Hand.* Es ist schon spät. Ich halte mich kaum auf den Beinen ... ich bin erschöpft ... ich habe Hunger ...

Treplew: Bleiben sie hier, ich hole Ihnen etwas zu essen ...

Nina: Nein, nein ... Begleiten Sie mich nicht ... Mein Wagen wartet in der Nähe ... Sie hat ihn also mitgebracht ... Nun, es ist ja gleich. Wenn Sie Trigorin sehen, sagen sie ihm nichts ... Ich liebe ihn. Ich liebe ihn, sogar stärker noch als früher ... Ein Stoff für eine kleine Erzählung ... Ich liebe, liebe ihn leidenschaftlich, bis zur Verzweiflung. Wie schön war's doch früher, Kostja! Wissen Sie noch? Was für ein helles, warmes, freudiges, reines Leben welche Gefühle – Gefühle, die zarten graziösen Blumen glichen, wissen Sie noch? *Sie trägt vor.* "Menschen, Löwen, Adler und Feldhühner, geweihtragende Hirsche, Gänse, Spinnen, schweigsame Fische, die im Wasser wohnten, Seesterne und all die Wesen, die dem Auge nicht sichtbar waren, mit einem Wort: alles Leben, alles Leben ist erloschen, nachdem es seinen traurigen Kreislauf vollendet hat ... Seit vielen tausend Äonen bereits trägt die Erde nicht ein Lebewesen mehr, und dieser arme Mond läßt sein Licht vergeblich erstrahlen. Nicht mehr erwachen auf der Wiese mit Geschrei die Kraniche, nicht mehr hört man die Maikäfer schwirren in den Lindenhainen."

Sie umarmt heftig Treplew und stürzt durch die Glastür hinaus.

Treplew *nach einer Pause:* Es ist nicht gut, wenn ihr jemand im Garten begegnet und es nachher Mama sagt. Das könnte Mama weh tun …

Er zerreißt in wenigen Augenblicken alle seine Manuskripte und wirft sie hinter den Tisch, dann macht er die rechte Tür auf und geht hinaus.

Dorn *bemüht sich, die linke Tür zu öffnen:* Merkwürdig! Die Tür scheint verschlossen zu sein … *Tritt ein und schiebt den Sessel auf seinen Platz.* Ein Hindernisrennen.

Arkadina und Polina Andrejewna treten ein, ihnen folgt Jakow, der Flaschen trägt, und Mascha, dann Schamrajew und Trigorin.

Arkadina: Den Rotwein und das Bier für Boris Alexejewitsch stellen Sie hierher auf den Tisch. Wir wollen spielen und trinken. Setzen wir uns, meine Herrschaften.

Polina Andrejewna *zu Jakow:* Den Tee kannst du gleich anrichten. *Sie zündet die Kerzen an und setzt sich an den Kartentisch.*

Schamrajew *führt Trigorin zum Schrank:* Da ist das Ding, von dem ich vorhin sprach. *Nimmt aus dem Schrank eine ausgestopfte Möwe heraus.* Sie haben es bestellt.

Trigorin *auf die Möwe blickend:* Ich kann mich nicht entsinnen.

Hinter der Bühne rechts ertönt ein Schuß, alle fahren zusammen.

Arkadina *erschrocken:* Was war das?

Dorn: Nichts. In meiner Feldapotheke muß etwas geplatzt sein. Beunruhigen Sie sich nicht. *Geht durch die rechte Tür ab und kommt nach einem Augenblick zurück.* Wie ich sagte. Ein Fläschchen mit Äther ist zersprungen. *Singt vor sich hin.* "Wieder steh' ich bezaubert vor dir ..."

Arkadina *sich an den Tisch setzend:* Pfui, ich bin so erschrocken. Es hat mich daran erinnert, wie ... *Bedeckt sich das Gesicht mit den Händen.* Mir ist's förmlich dunkel geworden vor den Augen ...

Dorn *in der Zeitschrift blätternd, zu Trigorin:* Hier war vor ein paar Monaten ein Aufsatz erschienen ... ein Brief aus Amerika, und ich wollte Sie fragen, unter anderem ... *Faßt Trigorin um die Taille und führt ihn vor die Rampe* ... weil ich mich nämlich sehr für die Frage interessiere ... *Einen Ton tiefer, halblaut.* Führen Sie Irina Nikolajewna fort von hier. Konstantin Gawrilowitsch hat sich erschossen ...

Ende